Du même auteur, chez le même éditeur

Après la forêt - La brune, 2005.
Ton nom argentin - La brune, 2007.

Couverture : Frank Secka et Christophe Paquet
Photo : © plainpicture/Mohamad Itani

www.lerouergue.com

Nathalie Démoulin

La grande bleue

la brune

À mes parents qui eux aussi,
avec la force et la beauté de leur jeunesse,
ont vécu ces années soixante-dix.

N'avoir que l'existence et elle ne suffit pas.
Annie Ernaux

1967

Une autre vie. Déjà, Marie y a goûté. C'était il y a presque un mois, avec Delphine Démoly, la grande copine, complice des premières fois. La rivière emportait les ruisseaux et les pluies, les arbres dont elles avaient su les noms se noyaient dans les nuages, des boules de gui prises aux branches. Elles se sont barrées, sans prévenir personne, direction Besançon. Pas dans le car qu'elles prennent tous les lundis pour rejoindre leur internat du lycée de Palente. Non. Elles sont parties toutes les deux à Mobylette, un numéro de *L'Est républicain* étalé sous la veste pour ne pas avoir trop froid. Le visage de Delphine : un triangle clair balayé par une mèche de cheveux, de grosses lunettes de motocycliste, une écharpe qui mange le menton. Repliée contre elle, Marie ferme les yeux. Quand elle les ouvre, c'est pour entrevoir la cabine jaune d'un camion qui les crible de boue. Elle sait qu'il ne faut pas passer sa langue sur ses lèvres gercées. Elle le fait quand même. Après, sa bouche est terreuse, assoiffée. À l'entrée de Besançon, crâneuses, elles se mettent à chanter à tue-tête un air de Nino Ferrer *(on est partis, samedi, dans une grosse voiture faire tous ensemble un grand pique-nique dans la nature)*. Delphine coupe le moteur pour dévaler des taudis de Battant jusqu'au pont sur le Doubs, en slalomant sur les pavés. Elles dépassent la boutique poussiéreuse d'un réparateur de pianos, la boucherie chevaline à devanture rouge, les blanchisseries aux vitres embuées. Delphine habitera dans quelques mois un deux pièces dans une de ces maisons de pierre bleue, mais ça elles ne le savent pas et ne lèvent pas les yeux vers les grands carreaux où passent les nuages. Elles glissent doucement jusqu'au quai Vauban, en râpant leurs semelles sur la chaussée, bousillant définitivement leurs godasses. Place de la Révolution, une femme noire traverse, une valise en équilibre sur la tête, une gamine à la main droite, un panier à la main gauche. Son boubou jaune, resplendissant. Ses pieds nus dans des claquettes. L'impression pour les deux filles d'être à une année-lumière du village.

Elles n'osent entrer nulle part ni poser la chiotte. Rue des Granges, dans une vitrine éclairée, des monceaux de pain, de viennoiseries, de sucreries. Elles n'ont pas un centime, elles se contentent de regarder, appuyées l'une contre l'autre, salement jumelles, deux bouseuses un peu efflanquées, comme on l'est à leur âge, intimidées, mais ça elles ne l'avoueraient pour rien au monde. La boulangère finit par s'impatienter de leur présence, de leur mob crade, de la dégaine romanichelle que leur donne le papier journal rembourrant leurs vêtements, elles décampent. *Elle se prend pour qui cette grosse vache ?* maugréent-elles. Quand même, elles trempent un mouchoir dans l'eau d'une fontaine, se débarbouillent comme elles peuvent, c'est si froid qu'elles en crient.

Pour la première fois, la ville parcourue librement, sans personne pour les pousser dans une mercerie ni les accrocher par le bras quand elles s'attardent devant les étalages ou bien devant le cinéma où sont affichées des photos d'Anouk Aimée et Jean-Louis Trintignant, les visages très rapprochés, au bord du baiser, mimiques qu'elles contrefont, enlacées, devant une porte-miroir jusqu'à ce qu'une ouvreuse les fasse dégager.

En ville, les nanas de leur âge ont les cheveux brillants, portent des pantalons fuseaux et des sweaters. Elles, dans leurs jupes plissées, elles ont la liberté des quinze kilomètres parcourus sur la route luisante, la Mobylette qu'elles poussent le long du trottoir, sans faire tourner le moteur, pour économiser l'essence, le bas des collants crasseux, trempé. Au village, elles sont de cette bande de filles qui n'ont pas arrêté l'école. *Nous serons d'un autre monde.* Voilà ce qu'elles proclament, bravaches, maquillées comme si demain elles devaient faire l'Olympia. Et de ce monde elles ne savent rien, sauf qu'il sera déraciné, déraciné des villages d'où elles viennent, ceux des bords de rivière et ceux des lisières de forêt, où les toitures s'abaissent si près de la terre qu'on a l'impression d'être à genoux, dans l'odeur des étables.

Lorsqu'elles attendent le bus, le lundi matin, des garçons font ronfler les moteurs à deux pas. Ils jouent au plus malin, lancent leurs motocyclettes à fond. S'ils venaient à déraper sur une plaque de verglas, ils s'exploseraient les os, ils mourraient pour elles. Il fait si froid qu'elles ont l'onglée. Quand le vieux Berliet s'arrête en grinçant, les garçons les regardent monter comme on change de planète. Ils voient bien qu'elles ne sont plus pareilles dans l'habitacle, malgré la buée qui couvre les vitres et gêne la vision. Elles perdent ce corps d'ici, dont elles partageaient la matière avec tous les autres, si reconnaissables, si proches. Dans l'autocar qui s'en va, ensemble, elles sont différentes. Le sang qui revient dans l'extrémité de leurs doigts fait mal, mais elles savent que ça ne durera pas. Elles libèrent leurs cheveux des bonnets, des capuches, des serre-têtes. Du fond d'un sac, elles sortent un petit miroir. À présent, elles peuvent se moquer de tout, et pour commencer des garçons restés au village. Ils ont beau foncer à plein gaz, collés au cul du Berliet, à deux par attelage, elles ne regardent jamais en arrière et lorsque le car prend de la vitesse, dans la ligne droite de Devecey, distançant brutalement les meules, ils les voient s'éloigner en silence, sirènes d'un gros aquarium lumineux.

Les dernières générations ont imposé un silence, bien commun qui craque en douce de leurs petites provocations, de la voix de ces gamines, sentencieuses comme on l'est à l'église, guère timides lorsqu'elles fraient ensemble, criant à l'unisson, très haut, comme font les supporters au stade, en martelant les syllabes, *nous sommes la génération perdue,* agaçant au lycée la pionne qui menace de les coller si elles ne la bouclent pas. Mais il y en a toujours une pour réclamer à tue-tête, réminiscence de la campagne de Mitterrand pour la dernière présidentielle, *un homme jeune pour une femme moderne,* et ça les fait ricaner, vu que Mitterrand il a quelque chose comme cent ans. Elles font des slogans avec tout ce qui leur passe par la tête. Elles se préparent à écrire sur le mur des villes des choses comme *Notre corps nous appartient, Le torchon brûle*. Elles sont d'une génération qui verra à l'Est de jeunes hommes de leur âge s'immoler par le feu. Elles connaîtront le nom de Jan Palach (19 janvier 1969), pas celui d'Evzen Plocek (9 avril 1969). Elles se verraient blondes avec des paupières noires. Elles sont brunes mais se font les yeux. Marie Zedet et Delphine Démoly comme les autres.

Très vite, Delphine en a marre, de la Mobylette lourde à trimballer à bout de bras, des pimbêches joliment sapées qui les regardent de haut. *Viens, je vais te montrer quelque chose.* Elles repartent, les bras de Marie sanglés à la taille de Delphine, elles prennent la direction de Pontarlier, bifurquent par un pont jusqu'aux Prés-de-Vaux, vers les immenses bâtiments de la Rhodia, la filature qui occupe tout un méandre du Doubs. La route est taillée contre la roche, et de l'autre côté ça n'est qu'un mur monotone coupé à intervalles réguliers pour donner accès à des cours, des ateliers. Quelques pas suffiraient pour atteindre la rivière, mais déjà on ne la voit plus, effacée par le mur, ses graffitis, ses balafres. Delphine coupe le moteur au bout de la ligne droite, devant un bâtiment de briques. *Je travaillerai là,* annonce-t-elle. Comme son père. Elle finit l'année scolaire et puis elle commence, dès cet été. On voit bien, à son expression, que ça l'étonne elle-même. *On se verra plus, alors,* fait Marie. Delphine hausse les épaules. Familière avec tout ça. Son père lui en a assez raconté : les façades interminables, les barres de ciment devant les fenêtres, un château de béton au pied duquel subsistent les édifices des premières usines qui produisirent ici de la rayonne, à la fin du dix-neuvième siècle, le tout se regroupant en une masse considérable entre la rivière et un versant de forêt (il en restera, quarante-trois ans plus tard, au temps des friches industrielles, des portes grossièrement murées par des agglos, des tags maculant le tout avec la rouille, les lianes et les charmilles, les arbres s'enracinant dans les escaliers et, perçant les maçonneries, le logo de Rhône-Poulenc cloué sur la ruine, datant vaguement le tout des années cinquante). Delphine en sait assez pour pouvoir expliquer ce que l'on fait derrière les murailles. La blouse blanche qu'on revêt avant de pointer, l'humidité, la chaleur à l'intérieur, le rythme des quatre / huit, la cadence qui augmente sans cesse, le fil qui ne finit jamais de se dérouler, de s'enrouler, la grève qui se prépare, on ne sait pas quand, mais ça finira par jaillir, comme on régurgiterait une boule de fil polyester, on montera des barrages, on occupera les lieux et Colette Magny en fera une chanson. *Tu seras là,* reprend Marie. Hors les murs, on tremble de froid. On est écrasées par les fortifications de la citadelle de Vauban, les masses sombres des arbres en surplomb, les abrupts rocheux. On se trouve dans quelque chose qui n'est pas du silence mais une rumeur complexe, faite du moteur des machines, du mouvement des bobines, de pas humains. Ça grince, ça crachote, ça traîne. On est seules, on rêve. L'une du salaire qu'elle gagnera. Assez d'argent pour quitter la maison d'enfance. L'indépendance. L'autre des hommes qui quittent l'usine, toutes les huit heures, engoncés dans des lainages épais. Certains sont à vélo, d'autres en cyclomoteur, la plupart à pied. Ils ont la gitane au bec. Ils s'arrêtent cinq minutes pour écouter un délégué syndical. Les semelles glissent sur le sol gelé. Quand ils passent la rivière ils lui trouvent une teinte sombre de sapinière. Comme elle, ils viennent des terres froides du Haut-Doubs. Ils sont toute une mémoire de ravines et de torrents, de fermes isolées par des hauteurs de neige, de buses tombant sèchement sur des proies. Ils s'habituent mal au travail en usine.

Tu en as de la chance, conclut Marie. Comme elles ont la Mobylette, et que l'occasion probablement ne se représentera pas avant longtemps, elles décident de monter jusqu'à la citadelle.

C'est peut-être cette escapade à Besançon, il y a un mois, qui fait qu'elle n'hésite pas, Marie, à quitter la maison d'enfance, ce 25 février 1967, sans savoir que ce même samedi les ouvriers de la Rhodiacéta à Besançon décident d'occuper leur usine, quelque chose qu'on n'a pas vu dans ce pays depuis 1936, traçant sur les murs d'enceinte des inscriptions *(ici commence l'esclavage, ici commence la dictature)*. Les tribuns grimpent sur des bidons. Autour on piétine dans la neige. Pour combien est-ce la première grève ? On ne s'y jette pas sans timidité. Dans la campagne d'où l'on vient on a grandi dans le respect du patron. Ce soir, dans les ateliers où l'on ne se reconnaît plus, tant tout est silencieux, tant rien ne vous lie plus aux machines, ni fil ni minuterie, on partagera le premier casse-croûte d'une grève de cinq semaines, on improvisera avec les quelques femmes présentes un bal sous les néons, au son d'un unique accordéon, parce que ce qu'on veut c'est *le pain pour tous, mais aussi la paix, le rire, le théâtre, la vie* ainsi qu'on l'écrira bientôt.

Alors, même si elle se croit seule, même si en cette journée elle n'entraîne rien d'autre qu'elle-même, Marie accompagne le mouvement.

Elle s'appelle Marie, comme ses trois sœurs. Marie-Claude, Marie-Louise, Marie-Catherine. Elle, c'est Marie-Ange. À elle seulement, la benjamine, on dit juste Marie. Elle dort en semaine dans une chambre d'internat, un bâtiment où les voix résonnent, on s'y oriente la nuit à la lueur des veilleuses, pour remplir un verre d'eau dans la salle de bains, pieds nus sur le linoléum.

Dans sa valise, le vendredi 24 février, il y a un 45 tours des Stones prêté par une copine, glissé dans un cahier de sténo. Rentrée à la maison, la première chose qu'elle fait est de s'enfermer dans sa chambre pour écouter le disque. *Satisfaction. Grown up wrong. Susie Q.* Elle en a rêvé toute la semaine, de cette musique anglaise, des garçons imprimés sur la pochette, photographiés dans une grande ville, entre lesquels il faut choisir celui qu'on préfère (il porte des lunettes de soleil, on ne distingue pas sur l'image sa peau acnéique, on ne sait pas non plus qu'il s'appelle Keith Richards, on aime ses cheveux noirs, qu'il soit, un pas derrière les autres, détaché). Elle ne s'attendait pas à ce son qui est du métal, des coups, des claquements de doigts, des battements de cœur, du désir, qui passe dans son corps. Elle ne tient plus en place. Elle l'écoute dix, vingt fois. Elle danse, façon de parler. Elle se trémousse comme on boxerait, toute seule, en tournant sur elle-même. Elle a tiré les volets pour que son frère Ivan ne puisse prétendre qu'il l'a vue, pratiquement nue, à travers la fenêtre, parce que la nuit on voit tout d'elle dans la clarté de la lampe.

Les nuits à l'internat où elle ne parvient pas à s'endormir, traversant les couloirs où on y voit à peine, elle se calfeutre dans la salle d'eau où il fait chaud, elle se remémore les fois où elle a vu Michel, le cousin de son beau-frère, les quelques phrases échangées et ce sobriquet qui les a assemblés très vite, *les amoureux*, comme une promesse. Ce sont des choses qu'on se raconte au lycée, entre copines, dans le dos des autres. Et pendant le cours de dactylo, dès lors que les doigts sont bien placés sur les touches, les auriculaires à l'aplomb du *q* et du *m*, l'esprit est assez libre pour qu'on projette de quitter la maison. Un jour prochain, on partira retrouver Michel, chez lui, aux Fins. Mais à ce moment-là, dans cette salle où quarante-trois filles tapent le même texte sans regarder leurs mains, cette escapade, Marie n'y croit pas elle-même. Il aura fallu, ce samedi, cette chanson qu'elle garde dans les oreilles, qu'elle chantonne en mettant la table, avec la morgue apprise en même temps que les paroles, pour qu'elle ne recule pas.

Depuis deux jours, elle a dix-sept ans. Mais comme elle est interne, on ne lui fête son anniversaire qu'aujourd'hui. Samedi 25 février 1967. Le ciel d'hiver, elle ne l'aime pas. La maison mal chauffée où elle reste en gros tricot de laine rouge. Ses doigts jouent sur la buée des vitres, dessinent des cœurs, à travers il y a les prés maillés de neige, la mongolienne qui grandit dans la maison voisine, alors elle efface tout. Sur la table, la mère a ouvert son *Jours de France. Le cœur de Sheila a fait bang bang pour Brett Hasley,* lit-elle. *Bang, bang,* répète-t-elle, en se visant dans le miroir.

La mère a oublié le gâteau dans le four, on mâche au dessert une matière terreuse, la cire fondue des dix-sept bougies. À peine les flammes soufflées, Marie annonce qu'elle passera la soirée et puis la nuit chez Louise. Elle doit garder les enfants, elle a oublié de prévenir, ça fait deux semaines que Louise le lui a demandé. Le mensonge lui vient plus naturellement qu'aucune autre phrase, jamais. Elle s'apprête à partir comme elle a dit *non,* un jour. C'est, croit-elle, le premier mot qu'elle a prononcé.

En quittant la maison, faisant un détour par la remise, elle sort des maquillages dissimulés dans une encoignure avec un morceau de rétroviseur chapardé dans la décharge. Elle applique du fard sur ses joues, en tâchant d'être adroite, de gommer les traces de ses doigts. Elle se dessine des yeux égyptiens, quelque chose qu'elle a étudié longtemps, après les heures de classe. Elle aime ce qu'elle aperçoit dans le bout de miroir, ses yeux clairs et charbonneux, ses sourcils épais, un morceau de front, et si elle se voyait tout entière, elle s'aimerait moins que dans cet éclat triangulaire, qui tient dans la main, sur lequel il ne faut pas se couper.

Elle doit ensuite longer la clôture, ses pointes rouillées, les mégots qui jonchent le sol, comme si la neige les rabattait, par vagues, des gamines viennent fumer là, en cachette, à l'abri des charmilles. Marie a fait ça parfois, alors elle sait, sans besoin de chercher, ces rires sous cape, dans le vent froid, les fringues trop légères, la frange sur les paupières, la chair de poule, d'une main à l'autre la cigarette et la répugnance, dominée, à porter à sa bouche une autre salive. On a seize, dix-sept ans. On ne sait pas à quel point on est proches des filles du même âge qui, dans des agglomérations géantes, des banlieues ouvrières ou d'autres bleds paumés de Haute-Saône, attendent de la vie qu'elle ne les fasse pas ressembler à leurs mères. On est loin des grandes roues qui tournent, dans les villes, des nacelles à deux corps où se serrer, avec un homme, alors on court jusqu'au cimetière et puis de l'autre côté, la haie, le barbelé, le briquet. Il restera des accrocs aux vêtements, il faudrait les élargir pour voir des murs de brique, des gangs de filles, une vie urbaine dans laquelle on s'appellerait Susie. On rentre en traînant la jambe. On met un vinyle. La chambre dans laquelle on tourne est tapissée de vues bucoliques. Sur les fontaines, les saules, les étangs gelés où des enfants patinent est punaisé le visage des idoles. On rêve de l'amoureux qu'on aura. On n'imagine pas qu'il sera si facile de quitter la maison, sans même se cacher.

Maintenant, Marie marche dans la bise qui a passé sur la neige. Ses oreilles la lancent, malgré le bonnet. La matière la reprendrait, celle des arbres, de la terre, elle l'arrêterait s'il n'y avait le métal de la chanson, le rythme qu'elle en a gardé, ce mot qui se dit en français aussi, qu'on peut expulser de soi comme une obscénité, *satisfaction*. Mais à chaque fois que Marie jette un coup d'œil en arrière, son cœur se serre. Quand elle a distingué au loin le phare unique d'une motocyclette, elle s'est jetée derrière les arbres. S'ils n'ont pas de voiture, rien ne dit en effet que son père n'enfourchera pas son triporteur, sa femme grimpée dans son dos, à la poursuite de leur dernière enfant sur le point d'échapper. Mais ça n'était qu'une très vieille femme, lambinant à travers bois, poussant à ses limites un moteur Peugeot, un lapin ficelé au porte-bagages, la gorge proprement tranchée. Marie a vu battre les pans d'un jupon sur des jarretelles en caoutchouc avant que la Mobylette ne disparaisse dans un virage. Le râle de la machine s'est estompé, est devenu irréel, comme sont les rivières qu'on ne voit pas, dont on ne connaît que les brouillards et la douceur du ciel, presque insupportable à l'approche de l'eau.

Si l'on pouvait élargir le champ, aller au-delà des premiers arbres, des forêts immédiates, on en verrait d'autres, en même temps qu'elle, des filles de seize ou dix-sept ans, qui partent d'elles-mêmes, pour un amoureux, pour un boulot. Elles, les recruteurs des usines ne viennent pas les chercher, non. Ce sont les garçons qu'ils vont prendre, et loin, jusqu'à Orange, jusqu'à Avignon. Ils leur parlent des usines de Sochaux : des milliers d'emplois non qualifiés, des fiches de paie à n'en plus finir, de quoi remplir toute une vie. Les types quittent l'école et font leurs valises. L'usine les aime, ces jeunes-là. Les filles, elles, descendent de Morteau, Lougres, Pontarlier. Elles s'embauchent chez Peugeot pour travailler à la chaîne, poser une pièce sur un moteur et la fixer en quelques mouvements de clé anglaise, cinq minutes d'un geste répété à l'infini, les mains noircies desquelles on a retiré les bagues en toc, la chambre qu'on loue dans un foyer, et pour la première fois un salaire. On s'achète une robe rouge, on ne la porte jamais en semaine. La vie paraît belle, soudain, malgré la rapidité avec laquelle les moteurs se succèdent sur la chaîne, on ne peut plus s'arrêter, une vie comme jamais personne n'en a vécue, auparavant, on ne peut plus revenir en arrière, c'est ainsi. Le soir, on quitte l'usine, sonnée par le bruit et les chronomètres, on est à bicyclette, il faut vingt minutes pour arriver chez soi. Cette nuit, on gardera les yeux ouverts, c'est peut-être à cause de la cadence, du cœur qui continue à battre en accéléré, trois, quatre heures après la sortie d'usine, ou c'est peut-être de se sentir seule, à Sochaux, qui n'est pas qu'un club de football de première division entraîné par Dobroslav Krstic, mais un ensemble de cités ouvrières construites sur les plaines marécageuses environnant une colline calcaire. Le dimanche on s'y ennuie, par milliers, qu'on soit de Maîche ou de Nancy, de Belgrade ou de Sétif.

Ce qu'on a laissé derrière soi, ce dont Marie s'éloigne à chaque pas : si peu. La maison, si compliquée, avec ses trois escaliers. Le père rôde dans l'obscurité, d'un degré à l'autre, sa jambe folle traînant sur les marches de ciment, irritation perpétuelle que ce raclement, Marie augmente le son du tourne-disques, son frère Ivan claque ostensiblement une porte, la pendule qui tinte chaque quart d'heure bat la mesure de leurs nerfs. À l'intérieur de son bras, Marie a marqué au cutter les initiales MB, pour Michel Brulhard. À chaque fois qu'elle repense à la pointe déchirant la peau, sa langue prend un goût de sang, sa tête tourne, elle a mal au cœur. Elle sort de sa chambre égarée, languide. Au lieu de plonger dans l'assiette fumante la cuillère vire entre ses doigts. Sa mère scrute du côté des rosiers qui craignent le gel, le père remplit son verre sans attendre qu'il soit vide, Ivan lit le journal plié contre sa soupe, chacun songe à part soi, le repas tourne au silence. Ainsi, chaque jour, depuis dix-sept ans, qu'ils soient trois, quatre ou davantage à table.

Je vais chez la Louise, a-t-elle menti, un peu plus tôt, sans que sa mère ne réagisse. Ivan regardait à travers la vitre, on ne savait quoi, les poings serrés. Sur la pointe des pieds Marie a guetté par-dessus son épaule. Des corbeaux déchiraient la carcasse d'une bestiole crevée, un gamin rampait sous une clôture, pseudo-mitraillette au poing, des fruitiers morts partaient au bûcher, coupés à la tronçonneuse puis fendus à la masse par ces types lents, patients, qu'on voit ici. Toutes choses qu'on connaît trop, dont on se dit qu'elles ne valent pas tripette, pas même un coup d'œil, mais quand on y pense ça laisse une impression pénible, plus cuisante que la brûlure qu'on s'est faite, par inadvertance, sur la plaque de la cuisinière. Alors ce pays d'enfance, on l'enfouit au plus secret de soi.

C'est quoi ces pommettes rouges ? lui a demandé Ivan comme elle atteignait la route, un peu plus tôt. Il l'attendait, dissimulé par l'épine noire. Et il a fait mine de se remémorer un truc, il a claqué les doigts. *Ah oui, Louise, Louise, Louise !* Ils se sont dévisagés sans indulgence, lui qu'au village on surnomme l'Algérien depuis qu'il est démobilisé, elle qui n'est qu'une gamine. *Tu en as un genre,* a-t-il ajouté et sans répondre elle a pris vers Buthiers, le laissant comme un frère mort fermer les yeux, baisser la tête, pourtant il en reste quelque chose dans la peur tenace d'être suivie, un chasseur imaginaire accroché à ses pas, veste matelassée, épais doigts rouges, corps exercé à la marche. Le dernier fils, la dernière fille, les parents qui se regardent en eux, et Marie qui sait par où fuir, tant pis si Ivan la trahit, ou Louise, elle est déjà trop loin. Son père peut tourner dans la maison, ainsi font les aiguilles d'une montre, sa mère peut tourner aussi, dans un sens contraire. Les deux se croiser et s'ignorer. La mère est grande, souvent vêtue d'un chemisier de batiste sous un tablier à fleurs. Elle a hérité d'une bague avec une pierre du Rhin qu'elle dit *véritable.* Le père est petit, dépenaillé, il disparaît dans les chambres, il s'allonge dans tous les lits. Quand Marie pense à eux, elle se retourne sur la route étroite, aux talus mangés par la forêt. Comme si on pouvait l'arrêter. L'enfermer dans une chambre.

C'est comme ça, à force de regarder par-dessus son épaule, qu'elle voit approcher la 403, et ralentir, et stopper. Un ami d'Ivan. Elle ne se souvient plus de son nom, mais son visage amoché, on ne risque pas de l'oublier. Comme Ivan, il a fait la guerre, deux ans de service, 1958-1960. Mais lui, il est revenu défiguré. Alors Marie baisse un peu les yeux quand il lui propose de monter. Dans la voiture, ça sent le tabac et la laine mouillée, deux odeurs que Marie apporte peut-être avec elle, sur une note plus ancienne, plus âcre, qu'elle n'identifie pas bien, qui est croit-elle un oiseau qu'on vient de plumer, ou le cuir d'une laisse, ou la chaîne graissée d'une tronçonneuse ; tout ça à la fois ? Aucune de ces odeurs qui ne soit étrangère. Et tout aussi bien elle connaît les banquettes aux ressorts cassés, au tissu déchiré, les outils qui traînent sur le plancher, la poussière mêlée de sciure sur le tableau de bord, une vieille Peugeot qui sert à tout, ramener les chiens après la battue, transporter des dames-jeannes d'eau-de-vie, faire la sieste, l'été, au bord de la rivière. La soufflerie du chauffage poussée à fond. Les baguettes des essuie-glaces râpent le pare-brise, en couinant. Il faut hausser la voix, il faut presque crier, l'ancien troufion n'entend pas bien, il est revenu à moitié sourd, à moitié aveugle, il n'est revenu qu'à moitié de Haute Kabylie.

Ils passent devant une maison qui a brûlé voici deux nuits. Les murs fument encore. Un enfant est resté dans le brasier. Ils y pensent tous les deux, sans le dire. La route immédiatement revient aux bois. Les troncs noircis, le suint de la neige. C'est triste, et beau. On se demande jusqu'où on pourrait aller, à seulement suivre la forêt. On se dit que ça pourrait nous mener loin. À travers l'Allemagne, l'Europe de l'Est, l'Union soviétique. Jusqu'à la forêt primaire de Bialowieza qui remonte à l'ère glaciaire, commence en Pologne, finit en Biélorussie. Les mêmes arbres ici et là-bas. Hêtres, bouleaux, sapins étroitement semés. Forêts si profondes que l'on peut s'y perdre. Si obsédantes que Marie doit faire un effort pour regarder devant elle, la chaussée cendreuse, la trouée lumineuse au loin, là où les arbres se séparent. Ils sont deux désormais, Ivan, son convoyeur, à pouvoir dire la route que Marie a prise, bifurquant vers Boult, alors qu'elle devrait être chez sa sœur déjà, dans la ferme où l'ampoule brille du matin au soir, il fait à peine jour en ce mois de février, la voiture ripe sur les plaques verglacées. *Calmos, calmos* fait le conducteur. À la dérobée, Marie observe les balafres qui lui ferment l'œil. Parfois, elle croise un regard qui met mal à l'aise.

Au village, au moment de se séparer, elle se rappelle son prénom, Rémi, son nom, Ferrand, elle remercie, claque la portière, remonte son col sur son menton.

Elle a dans son sac de toile une paire de ballerines, au cas où ils aillent danser quelque part, elle aimerait tant ça, entrer dans une salle de bal au bras de celui qu'elle connaît depuis les premiers jours de janvier, le cousin de son beau-frère, Michel Brulhard. La beauté d'un garçon. La bouche rouge, épaisse. Les yeux légèrement bridés, peut-être sourient-ils toujours. Une écorchure sur le menton parce qu'il s'est rasé trop vite. Et dans son cou une odeur de cuir, une chaleur humide, ça fait partir, comme une drogue, on est toute pâle quand on lui a fait la bise. Deux mois déjà. Ce 8 janvier qui est un dimanche, on travaille côte à côte sous une averse. On aime tout : le bois trempé qu'il faut finir de décharger de la remorque, le chien qui jappe autour et ramène des pierres dans la gueule, le sol paillé de la grange et les oiseaux qui tournent sous le toit sans qu'on les voie. On a enfilé des gants de grosse toile contre les échardes, tout à l'heure on avalera une soupe à l'oignon pour se réchauffer, on se sera assise en face de Michel, on rougira parce qu'il nous regarde, on ignore à quel point c'est beau aussi une fille effarouchée.

En hiver Michel travaille comme bûcheron dans les bois de Trésilley, Montarlot, Sorans. Mais le samedi après-midi, il doit être chez lui. C'est comme ça qu'elle voit les choses, en tout cas. Elle va le surprendre. Ils emprunteront une voiture pour gagner un dancing quelque part. Ils iront jusqu'à Oiselay s'il faut. Ils passeront la croisée de Moscou, entre Bucey-lès-Gy et Fretigney, où les voitures se jettent les unes contre les autres sur la départementale, où les jeunes meurent au petit jour, projetés à travers le pare-brise sans qu'on sache comment les empêcher de se tuer. Ils rouleront jusqu'aux rives de la Saône. Il y a des bals dans ces bourgs reculés, des bandes de loubards y descendent chercher la bagarre, mais eux quand ils commencent à danser ils n'arrêtent plus, c'est leur manière de prendre la vie et de ne plus la lâcher.

Marie a mis une robe à manches et par-dessus un gros pull-over, un manteau de laine, mais quand même elle a froid, alors elle court un peu pour se chauffer le sang. Il est à peine trois heures mais il fait comme nuit déjà, ce 25 février, elle court sur la route qui va montant pour sortir de Boult, il lui reste un peu moins de quatre kilomètres avant de frapper à la porte et de demander Michel. Un pas hors du village et la voilà reprise par la forêt. La futaie de février qui paraît calcinée, qui découvre l'épaisse pourriture de ses feuillées, et quand Marie lève la tête, ce qu'elle voit, le gris crayeux du ciel, la nuit qui pousse à grandes rafales vers l'ouest, lui râpe la rétine. Elle est encore une enfant qui a peur du noir. Alors elle regarde où elle met ses pas, les ornières gorgées d'eau, les bandes de neige sale, la terre ouverte puis refermée, toute en tissus cicatriciels, les derniers labours à la bordure des bois. Elle est d'un âge encore où l'on fuit à pied, le corps gardant le dessus sur toutes les machineries, et cette avancée, cette manière de creuser l'espace par la seule puissance des jambes, la rapproche sans qu'elle y pense de tous les évadés.

Ce qu'elle anticipe, elle, dans cette marche hivernale, c'est la piste de danse. Un simple plancher noirci par le frottement des semelles. Elle sera légère, son pull et son manteau roulés sur un banc. Des manches évasées de la robe que lui a cousue sa mère sortiront ses poignets blancs, ses mains petites. Lorsqu'elle s'est regardée tout à l'heure, vêtue de tissu couleur de sang, dans le miroir de la grosse armoire, elle a pensé que c'était la dernière occasion de la porter, avant de finir de grandir et de craquer les coutures, un modèle très ajusté où elle commence à étouffer un peu, mais qui tranche sur sa peau blanche et ses cheveux sombres, elle est dedans comme une terre en hiver, elle ne peut rien cacher. La nuit se chargera de la déchirer, quand elle aura virevolté sur la piste dans les bras de Michel, quand elle aura fini de boire des grenadines et goûté à la bière, quand le ventre trempé de sueur elle ira se rafraîchir sur le seuil et tendra les mains pour y recueillir des flocons gros comme des têtes de chat, après qu'elle sera tombée sur la piste rendue glissante par la chaleur de tous les corps, oui, elle sortira de la nuit couverte de bravoure et de bleus, un accroc sous la taille laissant voir le tissu plus soyeux de sa combinaison, ses yeux très grands ombrés de noir, marques de Rimmel et de fatigue, il ne fera pas jour à sept heures le matin.

À sa mère, elle dira *la robe est maintenant trop petite.* C'est ainsi, il a fallu laisser l'une après l'autre les robes disparaître, la première robe déchirée dans les barbelés, la robe tachée du sang des règles et qui n'est jamais revenue, la robe de velours dans laquelle elle n'osait pas jouer à l'école, les robes cousues par sa mère, le dimanche, taillées dans des étoffes disparates, assemblées sur son corps, la main de ses sœurs piquant les épingles, le staccato énergique de la machine Singer, les jambes frileuses dans le séjour qui n'est jamais bien chauffé et heurtant la vitre les corneilles hargneuses arrachant les fruits du sorbier. Elle pliera une dernière fois les manches en trapèze, elle glissera la robe dans un tiroir de naphtaline, avec toutes les vies qu'elle promettait. À la place, Marie demandera à sa mère de lui coudre un pantalon. Demain, oui demain.

Elle aurait pu partir avec Michel, le jour où ils ont déchargé côte à côte la remorque, empilé le bois dans la grange. Partir en lui tenant la main sous l'averse et longer l'étang, parce que c'est beau la pluie sur l'eau, toutes les herbes couchées, les oiseaux qui s'envolent, au dernier instant, presque sous le pied, et dont les ailes battent, noires, brillantes, comme les cils sur les yeux des garçons. Au lieu que maintenant, il lui faut avancer sous les branchages qui détrempent, et elle a beau se tenir au milieu de la route, la plus écartée possible de la futaille, des profondes crevasses noyées d'eau, à ce stade elle est *gaugée,* son manteau se gorge lentement de neige fondue, elle a froid dans cette bise venimeuse qui coule sur tout le pays. Elle voudrait qu'il y ait autre chose, de l'autre côté des arbres, que ce qu'elle a toujours connu. Elle ne part pas assez loin. Si elle savait conduire, si elle avait, comme Rémi Ferrand, une automobile, au lieu de faire la tournée des patelins elle prendrait la direction du Midi, elle dépasserait Besançon et suivrait la rivière. À force de confluences (le Doubs & la Saône, la Saône & le Rhône), elle arriverait à la Méditerranée. N'est-ce pas ce qu'elle a pensé, avec Delphine, une fois entrées dans l'enceinte de la citadelle de Besançon, quand du haut des remparts le pays leur est apparu, noir de ses forêts, noir de sa rivière, emporté avec elle vers le sud ?

De loin, une fois de plus, elle entend un bruit de moteur, les changements de vitesse d'une voiture qui entreprend de négocier le raidillon qu'elle vient de franchir et se retournant elle voit la lumière des phares dans la herse des arbres. La 403 de nouveau vient sur elle, les feux allumés cette fois, aveuglants, ce qui oblige Marie à regarder par terre, vers ses bottes fourrées, des bottes un peu trop grandes qui ont appartenu successivement à ses sœurs et qu'elle sera la dernière à porter, elle se jure d'aller les jeter à la décharge, une fois pour toutes, avec le bonnet, l'écharpe, le manteau trop usé, dès que l'hiver faiblira. Comme la voiture s'arrête, elle recule davantage vers le fossé, un peu surprise que Rémi une deuxième fois soit sur sa route, assez vieux pour avoir incendié des maisons, oui, ça pourrait être son frère Ivan, qui se raclerait la gorge et lui dirait sur un ton hésitant, *J'ai tout le temps, je vais t'avancer.* Il a dû poursuivre sa route, se raviser, revenir, ce temps-là, ces tergiversations sont encore perceptibles, son expression troublée, et Marie voudrait refuser, on lui a dit de ne jamais suivre un inconnu, comme on lui a interdit petite fille d'approcher la rivière. Mais après tout, le Rémi, elle le connaît, elle l'a vu parfois, depuis la fenêtre de sa chambre, armé d'une carabine, s'engager avec Ivan dans l'allée cimentée qui traverse le potager pour, tout au fond, faire des cartons dans un bidon rouillé, exercice plus morne encore que le ball-trap, mais au moins on s'est munis d'une caisse de bières et quand on les a vidées on lance les bouteilles à travers les pruniers, on les fait exploser, d'un coup de chevrotine. Déjà il lui a pris son sac et ouvre la portière, d'un geste familier qui fait qu'elle se sent obligée de monter, dans une docilité de gamine, et voici qu'elle pense de nouveau à Ivan. Elle a pleuré les fois où Delphine lui rapportait ce qu'on disait d'eux au village, pas seulement à propos des parents, mais surtout d'Ivan, l'Algérien, celui qui a répandu le feu, qui a égorgé des enfants. Et la mère peut bien descendre à pied jusqu'à l'église, bien droite dans sa robe noire, on raconte qu'elle boit. Elle peut faire la fière, les cheveux retenus par des épingles, on dit qu'elle tremble de dormir sous le toit d'un tueur. On insinue qu'on finira par les retrouver tous massacrés, un matin.

Rémi, avec sa moustache fournie, les muscles qui épaississent sa chemise de laine, sa voix au tombé lourd, il a changé d'humeur. Marie voit bien avec quelle violence sourde il actionne sa machine, bien qu'il roule au pas, elle allait plus vite à pied, elle en est sûre, elle se tortille sur son siège, elle s'immobilise quand il se tourne vers elle, parce que maintenant il a des choses à lui dire, alors elle se demande s'il a bu. *Tu as bien changé.* Il a cette voix exagérée des sourds, des ivrognes. *Il faut croire qu'il te cache, cette crevure d'Ivan ! Je me souviens pas t'avoir vue.*

Elle pourrait ouvrir la portière et descendre sans attendre que Rémi lève la main pour caresser ses cheveux, mais elle n'en fait rien, légèrement anesthésiée par ce cinq à l'heure.

Du reste, comme frère et sœur, ils partagent une cigarette, lui pilotant d'un doigt, elle tapotant la cendre au milieu des mégots, papiers froissés, pièces de monnaie, une banalité qui la rassure, d'autant qu'il ne la regarde plus, constate-t-elle, il a comme Ivan de ces absences. *C'est qu'il parle jamais de sa famille, ton frangin.* Elle tousse un peu bien qu'elle ait pris l'habitude de ramasser les mégots pour les rallumer en cachette. En reculant son pied, elle se cogne à la crosse de la carabine rangée sous son siège, et, se penchant, oui, elle voit, les cartouches, les plumes d'un geai, la tête tordue aux yeux vitreux, le jabot roux, un oiseau qu'on a tiré à l'envol et atteint sous l'aile. Elle rit, il rit, sortant d'une poche une flasque argentée dont il lui propose de prendre une gorgée, et sûrement, c'est ça, il s'est arrêté après l'avoir laissée au village, avec une pensée qui exigeait un peu d'alcool, et après quelques rasades il a fait demi-tour, la voiture patinant dans la neige, une vieille berline trop lourde, inadaptée aux coups de tête et qui chasse dans les virages. *Non,* fait Marie, de nouveau nerveuse, sa voix de midinette pas encore abîmée par le tabac assourdie dans l'habitacle doucereux (velours usé du pantalon, couverture en bouclette sur la banquette arrière, duvet de geai), sa voix de gamine sans expression que l'on n'entend pas, comme si elle chuchotait dans sa chambre.

Elle est la dernière fille Zedet, un peu fantôme, assise au bord d'une chaise, sur un bout de canapé, un siège d'automobile, à côté d'un homme aguerri à ces sortes de filles qui se préparent à entrer dans les années soixante-dix et vont danser la java, qu'on prend en stop, une race increvable à qui repoussent sans cesse des gambettes neuves, foutues d'avance, si elles savaient. Elle devine qu'il va vouloir, qu'il va falloir, et brutalement lui reviennent en mémoire, en même temps qu'une terreur d'enfant, les cris d'une femme un jour sur le chemin de l'école, une femme qu'on frappe, la scène, dont sépare un mur, qu'on entend sans la voir et qu'on fuit, le cartable pesant sur le dos, comme si l'on allait en mourir, et ce souvenir la fait se raidir, et la main qui l'effleure, Marie devine qu'elle serait sans pitié. Rémi ralentit encore, le pied enfoncé sur la pédale d'embrayage, pour la regarder, un reflet dans le pare-brise, c'est ainsi puisqu'elle lui tourne à demi le dos, il ne voit de Marie qu'une tête décoiffée, une nuque, des espaces de peau blanche lorsqu'une manche glisse. Alors, puisque c'est si lent, puisque Rémi n'est qu'un frère, peut-être, un frère maudit mais fragile, aussi indécis et meurtrier que l'est Ivan, Marie ouvre la portière, elle pose le pied sur la route, elle jette le mégot, elle glisse au-dehors, c'est si simple de ne pas tomber, il suffit d'ouvrir les bras, de faire l'oiseau qui veut voler, deux pas suffisent, elle est devant, dans la lumière des phares, qui vient lui ouvrir un chemin.

Elle a dix-sept ans, elle avance à grandes enjambées, quand elle se retourne l'homme appuyé au volant la regarde dans les yeux. Elle glisse sur les feuilles, elle a peur de l'entendre accélérer, du choc derrière les genoux, de la chute sous les roues. C'est ce qui arrive aux chevreuils, ils jaillissent des fossés, les voitures les attrapent par le capot, le pare-chocs, il faut les porter ensuite jusqu'au coffre, et c'est lourd une bête morte, et ça monte au cœur l'odeur de la sauvagine, alors Marie se hâte, elle étouffe un peu, elle voudrait quitter son manteau, l'abandonner, courir, elle n'ose pas, elle se tient droite, depuis toujours, légèrement raidie, même, verte et vigoureuse, d'instinct elle sait que cette régularité la protège.

Quand enfin elle bifurque à droite jusqu'à la ferme Brulhard, la première maison des Fins, avant le panneau qui annonce le hameau, au moment de frapper au carreau, elle est aveuglée par un dernier appel de phare, et c'est comme si elle s'enflammait, un instant, une torche, une phalène.

1968

Quand le bébé s'endort, en tout début d'après-midi, Marie entrouvre la fenêtre et s'assied dans l'embrasure pour allumer une cigarette. En contrechamp, un pan de prairie pierreuse qu'il faut franchir des yeux pour trouver la forêt où ne se montre jamais rien, pas un pic épeiche, pas un renard, pas une biche, ce n'est aux abords qu'un rideau d'ombre un peu lâche, qui s'épaissit et devient froid, avec des tons d'eau profonde. Lorsque Marie franchit les premières frondaisons, à la recherche d'un peu de répit à la chaleur de cette mi-juillet, elle est très vite arrêtée par l'étendue du silence, l'altitude des branches, l'effet de multitude de ces milliers d'arbres. En hâte elle revient aux herbes cuisantes de la prairie, ses jambes la démangent, elle s'éloigne de la futaie comme d'un fort coup de couteau. Elle quittera cette campagne, c'est sûr. Elle rêve d'un appartement où elle vivrait avec Michel, à Vesoul, Montbéliard, ailleurs. Si elle avait fait sa terminale, elle aurait son bac, à l'heure qu'il est.

Depuis qu'ils se sont mariés, au mois d'octobre 1967, ils vivent aux Fins, dans la ferme Brulhard. Lui s'est fait embaucher chez Peugeot, à Vesoul. Il part tous les matins de bonne heure, avant que la petite fille ne se réveille. Marie traîne au lit tant qu'elle peut. Angèle est née au mois d'avril, à quelques jours de la grève qui a fermé les usines. Michel a passé les mois de mai et de juin à aider aux champs, deux fois il est allé défiler à Vesoul. Il n'a pas beaucoup raconté mais Marie a imaginé ce que c'était que traverser la petite ville muette et si bien ordonnée, en claquant des mâchoires, en braillant des slogans à pleine bouche, noué aux corps des camarades, bras épais et mains dures, bouclant la préfecture, le partage des hommes se faisant entre ceux qui se retranchent derrière les murs et ceux qui coulent au-dehors. Certains décrocheront, iront se jeter dans les ruelles désertes qui segmentent la ville ancienne, cacher le trac, l'exaltation, la tristesse tout ensemble dans le corps d'une fille à peine rencontrée, car c'est ainsi qu'ils ont appris à oublier et à perdre. Après la bataille ils reviendront et prendront leur compte de gaz lacrymogènes, eux seuls sauront ce qu'ils auront vraiment pleuré.

Premiers de leurs lignées, ils ont raconté leurs hantises en se faisant tatouer des têtes de mort et des bustes de femmes nues aux seins obus, des fusils et des fleurs géantes de paradis tropicaux, des lions rugissants aux crinières semblables à des soleils. Ils habitent des appartements à loyer modéré et promènent en laisse des chiens aux cous épais, lestés d'anneaux, qui font peur au bas de leurs lits aux filles qui viennent parfois et n'osent pas poser seules un pied par terre. Il faut les accompagner aux toilettes. Elles préfèrent parfois se déculotter sur l'évier pour ne pas traverser le couloir, enjamber le molosse. Eux rigolent en les regardant se tortiller, la culotte enroulée autour de la cheville, et l'odeur de ce qu'elles font se mélange à celles du café, du pain tartiné de saindoux. Torse nu ils se retrouvent le dimanche pour des parties de ballon, et ça finit par des bouteilles brisées à coups de talon, des éclats de verre fichés dans le corps, une fille en robe de Nylon que l'on emballe à force d'avoir trop bu, trop crâné, trop joué au mâle, mais une fois seul avec elle, assommé d'alcool, on est à peine fichu de baisser son froc, on chiale sous des ampoules nues. Les OS de Peugeot, défilant pour un meilleur salaire, enfilant des poings américains, remplissant leurs poches de boulons, serrant leurs couilles dans des pantalons de drap, foutant le feu à des bûchers de pneus, apprenant sur le tas la lutte ouvrière. Ils s'endormiront, crasseux de fumée, vindicatifs et déjà trahis, leurs vies volées par l'usine. Ils y retourneront pour les mêmes gestes, agrippés au serre-boulon, au serre-joint, tout ce bel outillage qui mange du muscle d'homme, ils auront tout perdu, roulant des mécaniques et prenant lentement du bide, malgré la fonte soulevée à bout de bras, ils froisseront les tracts distribués à la sortie de l'usine, garderont leurs lunettes de soleil pour regarder la télévision, déjanteront.

Ici les usines sont si vastes qu'elles ont leurs routes, feux de signalisation, voies ferrées, sens uniques. Des bus vont dans les villages, dans un rayon de trente kilomètres, ramasser les ouvriers. Ils sont vingt-cinq mille pour le seul site de Sochaux. Plus tard, ils auront des voitures, des pavillons, des piscines gonflables que l'automne emplira d'algues. Ils trouveront la vie meilleure. Ils se rappelleront que, depuis la maison, il fallait marcher trois kilomètres à travers champs, à travers bois, jusqu'à l'arrêt de bus. Ils diront que le corps ne s'habitue pas aux horaires du travail en équipe. On se lève une semaine à 2 h pour embaucher dans la nuit, la semaine suivante à 11 h pour embaucher en début d'après-midi. On travaille dix, bientôt quinze ans en carrosserie. Les plaques de métal que l'on a soulevées, à force ça fait des milliers de tonnes. Et le boucan qu'il y a dans l'atelier, avec ces énormes presses qui s'abaissent, on se l'est lentement incorporé, comme la régularité des machines qu'il faut alimenter, toujours, toujours. On parle moins. On a mal aux épaules. On aime, en retrouvant la maison, la terre encore chaude, l'odeur du seringa. On s'endort avant que les enfants ne rentrent de l'école. L'usine, on y retournera pour eux. Pour la maison. Le bonheur est un état chaotique, fait de moments volés à cette interminable perte de soi qu'est la chaîne.

En 1968, on est lents à se mettre en grève. La seule chose qu'on ait gagnée dans les combats des années précédentes, c'est de l'amertume. Peugeot s'est fait une gloire de briser les grèves. Peugeot a sa milice pour casser du syndicaliste. Et Peugeot est dans l'Union des industries et métiers de la métallurgie une pièce stratégique. Qu'elle cède, et les autres céderont. On décide finalement l'occupation de l'usine, le 20 mai. On promet aux contremaîtres de les noyer dans l'Allan. On dépave les rues. On s'installe dans l'usine comme dans un territoire à défendre. Il faudra aller jusqu'à la violence, sûrement. Si on a peur de la bagarre, on ne s'en vante pas. En attendant on joue à la pétanque tandis que les délégués négocient.

Le 11 juin, les CRS chargent. Il y a quelqu'un pour fixer en images Super 8 couleur cette masse d'hommes en armes (boucliers qui évoquent des guerres médiévales, fusils au dos de chasseurs du dimanche, casques sombres) parmi laquelle déambule un homme en complet veston, qui fume avec nervosité, la cravate desserrée, la chemise blanche, le cheveu peigné en arrière. On est encore de part et d'autre des barrières, les

CRS filmés de dos, les ouvriers aux têtes nues qui répondront aux balles par des pierres. C'est instable, agité, ces groupes qui ne peuvent pas se mélanger, qui se repoussent, qui mesurent leurs forces. Entre les deux, le mur d'enceinte et bientôt ce qui passe au-dessus ce sont des grenades, lacrymogènes et offensives. Des engins à moteur brûlent, des hommes fuient, le veston ouvert sur un cœur qui bat trop fort, derrière on les met en joue. Il faut dire qu'entre les bâtiments, les espaces sont interminables. On n'en finit pas de remonter le long des ateliers. Des centaines de mètres de voies cimentées, ces issues qui ne se rapprochent pas, et soudain tout paraît trop à découvert, à présent que le sol explose en même temps que soi. Une jambe en moins, on tombe.

La ville a beau s'étaler en zones pavillonnaires, en dortoirs lointains, on sait déjà partout que ça bastonne, à l'usine. Ceux qui étaient rentrés dormir au moment de la relève reviennent. Des garçons de seize ans, des gamins plus jeunes encore, se mêlent à cette foule. Des types à pied parfois protégés d'un casque de motard, la barre à mine au poing. On croise des blessés qui épongent leur sang dans un vêtement mis en boule, et puis des estropiés évacués par des infirmiers de fortune.

On cherche son père. Ce matin, il remplissait une musette de pain, de saucisson, d'une bouteille de vin, debout dans la cuisine, il faisait nuit encore, il partait relever le piquet de grève. On avait mal dormi. On traversait l'appartement en pyjama. Il grillait sa première cigarette. À présent, on a peur de le trouver sur un brancard, le pied en bouillie pendant du pantalon. On est en nage. On ramasse des cailloux. On vise, de loin, la troupe qui progresse, le bouclier en avant. On forme des rangs qu'effiloche la fumée des lacrymogènes. Les larmes brûlent.

À la fin de la journée, le seul ouvrier qui reste à l'usine c'est celui qu'on a peint sur le mur d'enceinte, terrassant un lion. On compte cent cinquante ouvriers blessés, deux morts. Pierre Beylot, tué de deux balles. Henri Blanchet que l'explosion d'une grenade a fait tomber d'un parapet et se briser le crâne. La grève s'achève sur des obsèques et des amputations. On y a laissé des morceaux de soi et presque tout de ses rêves. Ce que les syndicats finissent par obtenir, au terme des négociations qui suivent : l'augmentation de salaire, la réduction du temps de travail hebdomadaire, la reconnaissance du droit à l'action syndicale dans l'usine, ça n'est pas assez puisqu'il faut reprendre le travail, revenir à ça : la tôle, les sons discordants qui se mélangent dans la tête, la disqueuse qui ne tourne pas assez vite, la chaîne qui ne doit pas ralentir, pas plonger, pas couler, les cadences qui se décident ailleurs, dans des bureaux où l'on a la lumière du jour.

Les premières heures de la reprise sont étranges. On s'est si vite déshabitué. On continue à parler sur la chaîne, on parle comme si l'on était dehors, comme si l'on débattait encore, on résiste à la cadence, on garde dans les bras le souvenir des pierres qu'on a lancées, des bousculades, on a encore un pansement à l'arcade sourcilière, on se détourne quand on croise le regard de celui d'à côté, qui n'a pas fait grève, et puis tout d'un coup, on est lancé, comme une machine, on se tait, dans la tête passent des images sans suite : le bleu de la taie d'oreiller, une phrase attrapée au vol, *on va lui faire sa fête,* le ciel à travers les vitres sales du car Berliet qui vous mène à l'usine, les ongles rongés de la femme qu'on aime, qu'on aime moins, pas à cause de ses ongles, mais parce que ce qu'elle donne est trop loin de ce qu'on est, quarante-trois heures par semaine. De tout ça, ne restera bientôt plus qu'une grande fatigue.

À la violence de ce qu'on vit s'additionne ce dont on se souvient. Mais de quoi se plaint-on ? Les allées et venues dans des cars affrétés par Peugeot, les courses dans les magasins Ravi alimentés par Peugeot, le club de football financé par Peugeot, l'Allan dont Peugeot a creusé le lit et qui n'inonde plus, la vie entière sous le signe du lion et si l'on n'est pas d'accord, mieux vaut partir, loin de Sochaux, Montbéliard, Audincourt.

À Vesoul, on a appris la leçon en 1966. Avec la grève des berceaux. Le mouvement d'un seul atelier. Celui des soudeurs des berceaux avant de 204. Enfermés à deux dans des cabines bâchées de trois mètres carrés, étouffant de chaleur et de fumée bleue, la combinaison zippée jusqu'au menton pour ne pas brûler aux rayons des arcs électriques. Sous le masque le visage se trempe de sueur, s'abaisse en rides de soif. On sort de là hagard. Le soir, on jette la combinaison qui pue dans un baquet d'eau savonneuse. Toutes les quinzaines, les hommes du Bureau des méthodes viennent chronométrer et fixer de nouveaux rendements. Par ouvrier le quota monte à cent cinquante berceaux par jour. On regarde de travers les meilleurs soudeurs, au vestiaire d'aucuns leur glissent qu'on pourrait leur casser la gueule, les autres rétorquent que les temps ne sont pas décidés sur les chronos. On improvise une délégation. On se retrouve devant le bureau du chef, *on n'est pas des machines,* on se cause à voix forte à travers les vitres, le chef finit par sortir, les mains levées, on se calme, on n'abandonne pas le poste, non, d'ailleurs on y retourne. Sauf que ça ne suffit pas. La direction décide de former une deuxième équipe, de faire travailler en deux-huit. Mais est-ce qu'on peut suffoquer dans les cabines enfumées, neuf heures d'affilée, sur des berceaux de voiture ? Les gars de la seconde équipe se mettent en grève, réclament de meilleures conditions de travail. Qu'on les sorte des tunnels d'argon avant qu'ils n'y crèvent ! Pour briser le mouvement, rien de tel que de convoquer les types de la première équipe. On les reçoit dans des bureaux presque silencieux, à l'écart des ateliers. *Ce serait quand même dommage de perdre ton emploi, hein ?* Il y a ces pros de l'encadrement, souvent d'anciens militaires, qui ont toute une culture de l'intimidation. Il y a ces hommes qu'on n'a qu'à piocher dans les campagnes alentour. *Et ta famille, Sauvageot, tu y penses à ta famille ?* Ce tutoiement, ces petits sourires vachards. *Et qu'est-ce qu'ils feraient pour toi les syndicats si on décidait de te virer ? Rien, Sauvageot. Rien.* On est yeux dans les yeux, juste séparés par une table métallique, si près qu'on voit la miette de pain restée collée à la lèvre, les rayures discrètes de la chemise. *Tiens, regarde, la lettre de licenciement, tu vois, y a déjà ton nom, y a plus qu'à la signer. Et tu feras quoi, après, hein ?* On serre les poings parce qu'on a les mains qui tremblent. On se la boucle parce qu'on a trois gosses et un quatrième en route. On pourra toujours se bourrer la gueule mais on ne l'oubliera pas, la conclusion : *T'es du bon côté, Sauvageot, on saura s'en souvenir.*

Les gars résistent, dans l'ensemble. Finalement, une équipe de Sochaux vient démonter le matériel. On fera ailleurs, avec des équipes mieux dosées, dans lesquelles on mêle les gens d'ici à ceux d'ailleurs. À Vesoul, il ne reste plus grand-chose de l'atelier de tôlerie. On soude des vétilles. On recrute pour remplacer ceux que l'on vient de virer. Michel est embauché, apprend la lampe à arc. Les types dans l'atelier de soudure, avec leurs masques et leurs combinaisons, ont l'air de marcher sur la Lune.

Chez ses beaux-parents, Marie n'a pas vraiment d'occupation. Que serait sa vie si elle avait, comme sa copine Delphine, décroché un poste à la fabrique de montres Kelton, échappant à la Rhodia, sa fibre de Tergal dévidée sans fin, pour un atelier de femmes où l'on n'hésite pas à se priver d'un repas pour économiser l'argent d'une paire de bottes neuves ? À présent, Delphine habite seule un deux pièces rue Battant, à Besançon, pas bien luxueux, sans carrelage mais un parquet usé, un matelas posé à même le sol, l'eau bouillante qui crépite dans une casserole en fer-blanc. Elles ont partagé un café un samedi après-midi, c'était avant d'accoucher, le regard traînait sur les affiches tapissant la pièce sans retrouver les visages qu'on avait adorés ensemble. Elles ne se ressemblaient plus assez pour que Marie puisse dire son désarroi. Ce que c'est d'être mère à dix-huit ans, hors la vie, dans un rétrécissement de soi qui effraie, on a beau s'escrimer à des luttes imperceptibles, dire *je veux* sans réelle nécessité, avec une expression vaguement arrogante, vaguement inquiète, guetter de très loin le premier son annonciateur du retour de Michel (comme si on était un chien ou un radar, comme si les perceptions pouvaient s'affûter dans cette solitude, comme si l'on avait un pouvoir). Elle pourrait raconter la lecture d'un magazine qu'elle fait durer des heures, et à chaque page tournée la tentation de revenir en arrière, l'impression qu'il y avait quelque chose peut-être, et qu'on l'a raté. Elle vit à contretemps, elle s'en rend compte. Delphine, elle, est transfigurée par cette vie de ventre creux, de repas irréguliers, d'amitiés fortes nouées au sein de l'atelier, refusant de toutes ses forces la loi de l'usine, ouvrant sa gueule, quoi qu'il arrive. Elle est impossible à cadrer, Delphine, ni par la direction ni par les syndicats. *Tu vas finir par te faire virer,* lui prédisent les copines. Elle s'en bat l'œil. Elle a sa bande de copains musiciens, des types rencontrés chez Kelton, qui mettent parfois le pied à l'usine, puisqu'il faut bien gagner sa croûte, mais n'y restent jamais longtemps, parce que l'existence pour eux ce serait jouer de la basse, encore et encore, les heures mises bout à bout finissant par bâtir un morceau unique, dont on ne voudrait rien retirer ou isoler, n'est-ce pas ainsi qu'on respire, sans jamais s'arrêter ? Avec eux, elle écoute des disques impossibles à trouver ici, à Besançon, où il n'y a pas de disquaire spécialisé, des trucs qu'ils rapportent d'Allemagne, qu'elle est prête à aimer, à son tour. On lui offre un album de Jimi Hendrix. Ce son métallique va avec sa vie, avec le bruit que l'usine laisse dans la tête, la pétarade de la Mobylette sur laquelle elle continue à circuler, par tous les temps. Le fric que Delphine gagne paie l'essence pour aller en voiture jusqu'à Belfort ou Mulhouse, se produire dans de petites salles étouffantes. Ces virées de vendredi, de samedi, ces longues soirées qu'elle passe dans la coulisse, ces retours très tard, après avoir chargé le coffre dans la nuit glaciale, crevée par trop de musique, quand on s'assoupit la bagnole à peine démarrée et qu'on se retrouve à l'aube, fourbue et courbaturée, avalant un café dans l'appartement de Battant, si heureuse qu'on n'arrive pas à se rendormir, on finit par mettre un disque, tout doucement Besançon sort de la nuit sur une voix américaine (et bien, bien plus tard, le fils qu'aura Delphine aimera à son tour cette musique-là).

Revenue à la maison des Fins qui pourrait être un paradis, mais elle n'en veut pas, Marie dort mal. Elle prétendra que c'est l'orage, ranimée par éclairs dans la chambre où la totalité des choses tremble, comme si tout devait s'envoler, y compris les murs portés par des oiseaux de papier. Elle pense qu'elle ne reverra plus Delphine, maintenant qu'elle, Marie, est enfermée dans ce temps qu'elle appelle *amour* puisqu'il faut donner un nom à ce qu'on vit et que ce mot-là peut tout masquer, oui elle dira *par amour* quand il faudra raconter les renoncements et l'ennui, *par amour pour Michel* qui n'est plus jamais là, happé tout à la fois par l'usine et par cette chose irrésistible qu'est sa vie (courir les coupes des Fins à la poursuite d'un animal sauvage, donner la main pour couler une dalle, souder les pièces d'une remorque, lever les yeux et observer, de longues minutes, un pic épeiche à trois pas, sa belle tête masquée et son ventre rouge, tout le reste – ciel, tronc, horizon – a une couleur d'étain). Alors elle regarde vers le berceau, le souffle à peine perceptible de la gosse, elle passe sa main sur son ventre rond encore, elle est à nouveau enceinte mais ne le sait pas, mettant sur le compte d'une insolation les premières nausées de cette deuxième grossesse. *Angèle,* fait-elle entre ses dents, et dans sa propre mâchoire elle sent assez de force pour mordre jusqu'au sang.

L'avoir prénommée Angèle, elle que personne n'a jamais appelée Marie-Ange, pas même les maîtres d'école, ça n'est écrit que sur son livret de naissance, sa carte d'identité. Sauf une fois. *Marie-Ange Régine Juliette Zedet voulez-vous prendre pour époux Michel Louis Alphonse Brulhard.* En quittant la mairie, dégageant avec maladresse le collier qui irritait sa nuque, elle l'a cassé. Des dizaines de perles, un bruit de cascade et la sensation, trop tard, que quelque chose vous échappe. Le soir, au banquet, après qu'elle eut tourné dans des bras d'hommes, ceux des frères et des témoins, d'oncles et d'inconnus, son ventre dissimulé sous une veste de tailleur, alors que dans un bref instant elle se trouvait seule, foulant au sol confettis et serpentins, sa toute nouvelle belle-sœur, Simone, lui a pris la main et la taille, l'a fait tourner entre les tables aux nappes de papier. Deux gonzesses qui dansent ensemble, comme font parfois les femmes mûres sur les bals. L'une a des fleurs de tulle prises dans les cheveux, l'autre est en bottes de Skaï orange. Simone c'est un cou humide, un suçon visible à chaque fois que les cheveux se dérangent, rose, obsédant, bien plus net que les lettres MB sur le bras de Marie, à ce moment-là il n'en reste déjà qu'une estafilade à peine lisible. Le visage très proche (elles font la même taille), la bouche entrouverte (mais les paupières abaissées, papillonnantes), l'odeur douceâtre de l'alcool (et ce rire de femme soûle). Cette danse, la seule dont Marie se souviendra le lendemain, dans un frisson de gêne, avec le foulard à pois de Simone que celle-ci a fini par lui nouer autour du cou – *pour remplacer ton collier* – révélant un deuxième suçon, plus ancien, virant au mauve. Marie est retournée à sa place sans oser défaire le nœud orangé, s'absorbant dans les détails de la figurine de mariés en biscuit, posée sur la table, tandis que Simone continuait de tourner, seule au centre de la salle, la tête renversée en arrière, sa robe à manches camouflant d'autres suçons peut-être, Marie n'a pu s'empêcher de l'imaginer, effleurant du bout des doigts les épaules de la mariée de porcelaine. Simone qu'elle n'a revue qu'une fois, début avril, en visite à la maternité, stricte cette fois, dans une jupe portefeuille imprimée de spirales violettes, grande fumeuse à la voix rauque, déversant des cadeaux et des vœux, une plante verte dans du papier cristal, des pâtes de fruits, une robe d'enfant dans une immense boîte au couvercle translucide, si précieuse que Marie ose à peine la défaire des épingles qui l'accrochent au carton, un habit de satin, bleu de Prusse. *Une drôle de couleur, pour une fille,* remarque Gaby, son mari. *Parce que tu sais peut-être ce qu'il faut à une fille, toi ?* Simone haussant les épaules, se tournant vers Marie pour la prendre à témoin. Lui : corpulent, barbu, seul des frères Brulhard à ne pas pointer à l'usine, garagiste aux mains lavées à l'essence mais qui restent noires dans les plis. Elle : la bouche asymétrique, les cheveux blond platine bouclant artificiellement autour de sa tête, plus âgée, de quatre ou cinq ans, plus émancipée, croit Marie, un peu rosse, aussi. Elle travaille à la mairie de Montbéliard, à l'état civil. Conduit sa propre voiture. S'habille de motifs psychédéliques, de couleurs qui font mal aux yeux. Il reste après Simone un parfum entêtant, un début de migraine, une serviette humide qu'on presse sur les yeux. Malgré ça, on aurait aimé qu'elle demeurât davantage, genoux croisés au bord du lit. On a remarqué un grain de beauté contre l'oreille. Un entêtement à tourner le dos à son mari. À le contredire. On s'est demandé ce qui maintient ce couple impossible, Gaby et Simone. On se promet de les observer mieux la prochaine fois. On se détourne du berceau, de cette petite d'à peine trois mois, pour exhaler la fumée de sa cigarette au-dehors, on flatte de sa main libre, celle qui ne la brûlera pas, la robe en vichy bleu suspendue à la fenêtre et que le vent fait bouffer par instants, robe choisie tout exprès pour la réunion de famille prévue demain, samedi 13 juillet, rachetée à une ancienne camarade du lycée et pas encore portée. Est-ce de n'avoir pas été cousue par la mère, elle n'a pas ce côté apprêté des vêtements de Marie. Celle-ci se voit de nouveau à l'essayage dans la chambre de Brigitte, les bibelots encombrant la commode, la penderie grande ouverte, le miroir aux coins biseautés, il n'y a pas eu de couture à reprendre, leurs corps sont si semblables que la robe peut passer de l'une à l'autre, sans que Marie sache bien de quoi sera faite la fidélité. Elle jette un regard inquiet vers le miroir où sont avec elle l'été, le tintement de la lourde horloge comtoise, les graminées hérissées de graines et, au fond des prairies, l'empreinte sombre des mares qui ont tari.

C'est un vendredi sournois. Les granges regorgent de blé. Il faut pour respirer prendre avec l'air la peau abandonnée des épis, les myriades d'insectes. Marie a beau ne pas moissonner, elle est brunie de sueur et de poussière. Dans une heure, peut-être deux, son frère Ivan l'appellera, depuis la cour. Il vient chaque semaine, une fois, parfois deux, empruntant pour cela la Simca Aronde d'un copain. Et s'il devait être en retard, Marie s'allongerait sur son lit, le poing serré entre ses cuisses, en imaginant des accidents, déjà en deuil. Et s'il manquait carrément le rendez-vous, le seul moment qu'elle voudrait garder de sa journée, c'est celui où elle s'est trouvée enfermée dans l'escalier clos, les deux portes claquées par un courant d'air, dans une sensation d'apesanteur qui venait sans doute de l'obscurité et de la chaleur, du filtrage des sons par toutes les parois, tout lui parvenant adouci, indistinct, plein de plaisir. Mais Ivan arrive, à la bourre, fidèle à lui-même. Au moins, lui n'a pas changé. Il a volé les laids bijoux plaqués or de sa mère, les a vendus au poids. Il a les moyens d'acheter de l'essence, des cigarettes, un magnum de champagne. Il arrive qu'on parte avec lui, comme les Bisontins vont à la campagne, déployer une nappe sur un pré. Ivan débouche une bouteille tiède. Marie a la curiosité d'y goûter. Michel tête le goulot, allongé dans l'herbe. Ivan, déjà soûl ou simplement heureux, qui sait, roule au soleil.

Dès qu'elle reconnaît sa voix, Marie se prépare à s'animer de nouveau et puiser dans un répertoire qu'ils maîtrisent tous les deux. Jambes plutôt croisées et bras ballants, nuque légèrement ployée, yeux mobiles plus que le visage, sourire à peine dessiné. C'est elle. Démarche franche, regard laiteux, mains sûres s'emparant de tout, par jeu. C'est lui. Ils baigneront ensemble la petite fille dans le plat émaillé où l'on dépose l'enfant sur un décor parfait de violettes. Ils la revêtiront d'une brassière blanche, la coucheront dans le landau et iront promener, sans se tenir la main, sur le chemin qui mène à la fontaine. Un bassin de pierre, quadrangulaire, guère plus large que ce qu'un homme peut enserrer dans ses bras, mais profond, et semé au fond de cailloux. Arrivés là, c'est invariablement la même scène. Ivan gare le landau sous un noisetier et allume une cigarette. Marie quitte ses chaussures et se perche sur la margelle usée. Elle a beau se pencher, elle ne se voit jamais dans l'eau, mais les rides du vent, oui, et le ventre véritable des bois, qui est une épaisseur de feuillage crevée de boue, oui, et avec ça des gorges d'oiseaux avec leurs reflets roux. *Est-ce que tu vas le prendre ce travail, à Besançon ?,* demande-t-elle, faisant suite à ce qu'elle a entendu, qu'on lui proposait un poste dans une blanchisserie de la rue des Arènes et qu'Ivan ne se décidait pas, n'ayant jamais travaillé depuis son retour de l'armée, enfermé dans sa chambre, descendant aux heures des repas dans la cuisine (épaisse toile cirée sur la table, trois assiettes fumantes, odeur de cerfeuil, petite pendule tintinnabulante) où la mère ne risque pas une phrase entre son fils et son mari également mutiques, faits à l'image l'un de l'autre (larges visages rougeauds, nez busqués, yeux très pâles, pommettes écrasées). Le père qui fut prisonnier en Allemagne ne se vante d'aucun fait d'armes. Le fils, on ne sait pas ce qu'il a commis en Algérie. Le samedi il prend l'argent dans le sac à main de sa mère, et si elle a caché ses billets, il retourne les armoires de beau linge, il renverse les piles de serviettes et de draps, tout le lin qu'elle a brodé de ses initiales. En reniflant elle finit par lui donner cinquante francs qu'il va boire avec d'autres, bûcherons, ouvriers agricoles, ouvriers d'usine, mitrons, hommes à tout faire, sans causer mais en chantant, en blouson, en bleu, en marcel, dans les cafés aux bouteilles serrées comme des maisons de village, les habitués se tenant à distance de cette jeunesse belliqueuse, les femmes s'écartant sans répondre. Quand ils ne peuvent plus payer, le patron appelle les gendarmes et ils terminent la nuit enfermés, réclamant des cigarettes que le factionnaire parfois consent à donner, pour quelques instants de silence, mais très vite reprennent les cris, ils jouent les animaux de ménagerie, s'esclaffent, se montent les uns contre les autres, des bagarres éclatent, ils sortiront de cellule les mains et le front écorchés.

Ivan, le dimanche, quand il a mangé la blanquette, les champignons, le biscuit trop cuit, va au fond du jardin fendre les bûches, la hache précisément trace son jet argenté, le bois écorcé révèle son âme blanche, Ivan n'en finit pas de contempler ça, la chair ouverte des arbres, ses nœuds internes, son irrégularité, le segment d'un tronc qu'on réduit en bûchettes, de la sueur plein les reins. Qu'est-ce qu'il pourrait faire d'autre, puisqu'il n'a pas sommeil ? La mère n'est pas encore partie assister aux vêpres. Il a fouillé tous les recoins de la maison, l'a dépouillée de ce qui pouvait discrètement se monnayer, estime qu'il n'y a plus rien à découvrir. Une voiture approche, ralentit, s'immobilise. L'homme qui en sort, malaisément, c'est l'oncle Eugène Zedet, qui a une affaire à Besançon. Il vient proposer un emploi. Ça se passe dans la cuisine, seul l'oncle est assis, on lui sert un verre de vin, des gâteaux secs. La mère a tiré les volets, les laissant entre hommes, dans une obscurité traversée de chants d'oiseaux et de traits lumineux. Le père confectionne une cigarette dans sa boîte à rouler. Ivan les bras appuyés à un dossier de chaise écoute l'oncle. La charité prend la forme de tombereaux de draps à étuver, à plonger dans des bains de chimie, à rendre immaculés, linge qui doit revenir de la sueur, du sang et du sperme, et voilà qu'Ivan habiterait le bord des cuves et verserait sa peine dans des foulons de lin.

Oui, j'irai, finit-il par répondre, et au ton de sa voix Marie sait qu'il bifurquera toujours, qu'au lieu d'engager la voiture sur la route de Devecey, Cayenne, Besançon, il s'arrêtera un peu après le pont pour frapper à la fenêtre d'un conscrit, ou bien il ira taper le carton à Miserey, ou bien il viendra la voir, elle, la dernière-née, la seule qu'on appelle Marie.

Elle ne lui demande jamais comment brillait le soleil, là-bas, sur ces terres de Haute Kabylie où vit un peuple de bergers, ni pourquoi ces mots, *bicot, gris,* remplissent si volontiers sa bouche, comme s'il fallait continuellement les recracher, *crouillat, bougnoule, raton,* elle repousse les questions comme le souvenir de Rémi Ferrand, de la voiture ralentissant sur la neige, la violence de ce qu'elle voyait se refermer sur elle, il y a à peine plus d'un an. La force qu'elle avait ce jour-là, Marie, quand elle avançait à belles enjambées dans la forêt de février, la voiture de Rémi roulant au pas derrière elle, souvenir qu'elle écarte à présent comme toute allusion à ces deux années, 1958-1960, qui sont dans la biographie d'Ivan un point de silence. Elle se contente de chercher les feux plus anciens qui éclairaient les yeux de ce frère, de dix ans son aîné, quand il l'installait dans une petite charrette et la tirait au long du chemin, tel un cheval broussailleux, s'arrêtant pour lui agacer le cou d'herbes sèches, ce qui la faisait hurler de rire. Il y avait toujours une Marie-(Claude, Louise, Catherine) pour le faire cesser d'une tape jalouse. Et pourtant, quand Ivan l'observe, qu'elle s'habille dans la pénombre de la chambre ou qu'elle se promène avec lui, c'est toujours un peu Rémi qu'elle revoit, le pied enfonçant l'embrayage, conduisant sa voiture aussi lentement que possible, le regard lourd, Rémi dont elle n'a jamais parlé, ni à Michel ni même à Louise, peut-être parce qu'il aurait alors fallu aussi parler d'Ivan.

Veux-tu passer demain ?, fait-elle, se rappelant la réunion de famille prévue, la première depuis des mois, celle pour laquelle elle étrennera la robe de vichy bleu. *Il y aura les frères du Michel. On ira voir le feu d'artifice à Rioz*. Et elle se tourne de nouveau vers Ivan, mais à cause du soleil elle baisse les yeux, réalisant qu'il est venu chaussé des caoutchoucs qu'on met pour aller au potager, qu'il porte toujours le même froc, pas très propre, qu'il finira comme tant d'autres vieux garçons, dans des vestons sans âge, des pantalons trop courts. *Oui, ça se peut,* répond-il au bout d'un moment, et sans discerner son visage elle sait qu'il n'en pense pas un mot, qu'il ne viendra pas, Ivan, se mêler aux Brulhard, aux enfants qui un à un ont quitté la ferme pour s'employer aux usines, à Sochaux, à Montbéliard, et qui seront là samedi, loin des chaînes de montage de 504.

Et le lendemain, dès le matin, les portières claquent dans la cour, on s'embrasse, Marie lisse du plat de la main ses cheveux, ses beaux-frères se bousculant dans la cuisine, tout rétrécit à vue d'œil, le seuil sur lequel le jupon de Marie ne peut plus tourner, la table sur laquelle on n'a plus la place de rien poser, le jour qu'on ne pourra faire durer indéfiniment et dont les minutes s'emballent, il est déjà onze heures, on remplit les verres de vin apéritif, Marie écrase entre ses dents les grains du raisin que le frère aîné a apporté, un raisin qui n'est pas d'ici, gorgé de sucre et de chaleur, qui se répand dans la bouche, qui suffirait à vous nourrir. Simone et Gaby sont arrivés les derniers, elle dans un corsage de drap à motif de losanges que l'on ne peut s'empêcher de fixer comme un rébus, davantage que son visage excessivement exposé au soleil. Tout de suite, elle demande des nouvelles de l'enfant, se trompant sur son prénom, *Adèle, Adèle,* fait-elle, réclamant de la voir, tandis que Marie essaie de ne pas s'attarder sur ses bras nus, un bleu très marqué au-dessus du coude, un bracelet de perles rouges sur trois rangs. Elles finissent par monter ensemble à l'étage.

Maintenant qu'elle est avec Simone, Marie trouve tout méchant : le lit de noyer, son dessus en crochet, la rose unique dans son vase, la peau de renard sur le plancher. Et l'enfant qui dort, auprès de laquelle elles chuchotent comme si le plancher ne tremblait pas du vacarme d'en bas, Simone se contentant de répéter son prénom, *Angèle, Angèle,* sans plus faire de commentaire, d'une voix distraite, artificielle, que Marie déteste autant que le drap rose adroitement brodé d'angelots. *Dis donc, ça te dérange pas que je fasse sur le pot, je me suis retenue tout le voyage, j'ai la flemme de descendre jusqu'à la cabane.* Et sans attendre Simone relève sa jupe en se tortillant, s'accroupit au-dessus du pot de faïence, libère un jet irrégulier, qui ne se rattache à rien, ni aux voix d'hommes ni aux crissements d'insectes. C'est l'été, des cuisses brunes, une culotte noire, un corps qui n'est pas le sien mais auquel on ressemble, sans le vouloir, on a rougi, on sent cette rougeur, on en est gênée, on voudrait passer entre les rideaux, voiles de mousseline si parfaits, si légers, basculer par la fenêtre, ne plus être cette respiration oppressée, mais tout ce qu'on fait c'est se pencher vers l'enfant et regarder une bulle minuscule qui se soulève au coin des lèvres. *C'est qu'elle dort bien dis donc, avec ce bruit elle se réveille même pas !* Simone de nouveau tout contre elle. Son bras, frais, la peau légèrement grenue. Quelqu'un appelle, *Simone !* L'index sur les lèvres. *On n'est pas bien, toutes les deux, loin de ces furieux ?* Elle frotte sa tête platine sur l'épaule de Marie, avec ce même crissement que fait la petite brize à la saison, quand on en rassemble des bouquets. *J'ai fait deux fausses couches, on t'a dit ? La première fois, c'était à peine quelque chose, on n'a même pas su me dire. La deuxième fois, une fille. Ça prend pas.* Dehors, des cris, des bruits d'eau, tout ça jaillit avec la même abondance. Simone va à la fenêtre, entrebâille le volet. *C'est le Michel, bon sang, ils l'ont bien gaugé !* Elle rit. *Les quatre frères, une belle équipe, va.* De l'affection ? non. Du mépris de femme vers les hommes. Du dédain. D'un coup de hanche elle se plante devant le miroir légèrement convexe, dans lequel elle paraît élargie, dilatée jusqu'à presque toucher les murs. Mais c'est Marie qu'elle regarde. *Tu me referais le chignon ?* Sa tignasse rêche, desséchée par l'eau oxygénée. Sa peau forcée au soleil. Les épingles dans les doigts de Marie. Simone sifflote, les yeux dans le vague cette fois, et Marie la tient serrée par les cheveux, lui tire avec une dure application la tête en arrière. *Tu vas me faire pleurer.* De nouveau elle chuchote, Simone, et Marie voudrait se retrouver seule, pour tout reprendre au calme, les yeux fermés, Simone très loin, dans son corsage à losanges, dans un pavillon moderne, aux baies vitrées, aux talus de gazon, qu'elle ne soit jamais entrée dans cette chambre, où tout ce qu'elle approche devient insupportable. *Je vais descendre rejoindre les autres,* finit par articuler Marie, d'une voix qu'elle voudrait mieux contrôlée, qui manque d'assurance, et d'un pas elle atteint déjà la porte, mais Simone lui prend le bras, l'attire à nouveau vers elle. *Attends un peu, rien ne presse, je te promets qu'on n'est pas prêtes de la voir finir, cette journée.* Elle souffle, Simone, les lèvres trompeuses, épaissies au rouge à lèvres, avec un léger parfum de pétrole. *Tiens, j'ai des cigarillos, t'y as déjà goûté ?* Dans son sac riquiqui, presque rien. Une boîte avec le sigle Montecristo. Un briquet. Un porte-monnaie minuscule. *Un pour deux, ça suffit.* De nouveau, elle sait ce qu'elle fait, Simone. Elles restent debout au milieu de la chambre, devant l'armoire à glace, et maintenant il n'y a plus un bruit, comme si les autres s'en étaient allés. Le goût âcre du tabac fait tourner la tête. À moins que ça ne soit d'avoir Simone en face de soi. Il faut faire un effort pour ne pas fermer les yeux, pour ne pas tomber. À chaque fois qu'elle reprend le cigarillo, Simone lève un peu le menton et il y a assez de lumière pour que sautent aux yeux les défauts de sa peau, les racines foncées de ses cheveux. *Dis donc, qu'est-ce que tu es pâle !* constate-t-elle. On ne répond pas que le cigarillo nous rend malade. On recule jusqu'à la fenêtre où vient un peu d'air, la chaleur du jardin. *C'est pas que je suis stérile, c'est que mon ventre fait tout mourir. Mais ça, personne ne peut l'expliquer.* Un chuchotis. Râpeux, irritant. Les images d'un pavillon vide. Des marches de ciment. Des heures à faire des réussites. Les cartes à jouer dans les mains de Simone, celles-ci, tout comme son visage, trop brunes, trop allongées. *En juin, on est partis deux semaines dans le Var. J'ai cru que je revenais enceinte. Mais non.* Il faut ajouter, sur les meubles miroitants, les souvenirs de vacances : lourds coquillages, raviers en bois d'olivier, bouquets de lavande. Un jour, on jettera tout ça, incapable d'y relier l'image vraie du passé (ce qu'on a vécu : d'interminables apéros de sangria, le contact d'une méduse, les larmes d'une nuit après une dispute, les pointes de verre hérissant les murs autour des maisons, un homme en tenue de tennis que l'on a entrevu, quelques secondes, dans une de ces villas fortifiées et dont on a pensé qu'il n'avait jamais connu que le soleil).

Dès que la porte au bas de l'escalier clos s'ouvre, dès que des pas se font entendre, elles s'éloignent en se tournant le dos. Marie écrase le mégot sur l'appui de la fenêtre. C'est

Michel qui vient changer de vêtements. Il a de l'eau plein les cheveux, qui ruisselle dans son cou.

L'espace change, quand on le traverse en deux enjambées, quand on y ouvre les vantaux des armoires. La chambre paraît plus basse et plus profonde, plus vétuste aussi, fendillée de partout. *Ils t'ont bien arrangé, dis !* Rejetée vers la fenêtre, Simone a retrouvé sa voix de femme, son jet sonore, un peu grossier, son fort accent de Montbéliard. Mais il lui reste autre chose, qui couve dans son regard mat. De nouveau, Marie voudrait qu'elle parte, la laissant assimiler ces quelques minutes trop denses (le mot *flemme*, l'urine dansant sur la faïence, les losanges). Rester seule avec Michel, au lieu de constater qu'il jure avec les images qu'on garde en tête : des papillons sous verre accrochés au mur d'un pavillon où coulisseraient des portes-fenêtres. On sait que ce rêve-là ne sera jamais le sien, puisqu'il aime, Michel, ces corps de ferme dans lesquels il n'entre pas plus de lumière que dans une forêt.

Les choses qu'elle dit pour eux seuls, quand la porte de leur chambre se referme, lui paraissent d'un coup sans objet. Il lui faudrait une autre vie. Elle serait une autre femme. Elle aurait un corps. Pas celui qu'elle cache (le ventre qui s'est ridé et va bientôt se tendre à nouveau). Ni même celui qu'elle a perdu (ses bras toujours griffés, les minuscules vésicules d'une peau trop sèche, la vergeture sur la cuisse parce qu'on a grandi d'un coup, trop vite). Un corps à l'image de celui de Simone, approprié aux insolations, aux imprimés modernes, aux brunes sans filtre. Un corps qui en imposerait. Même à Delphine. Elle porterait, comme Simone, un bracelet de perles rouges, un corsaire, des sandales compensées. Elle aurait son propre compte en banque. Elle laisserait son enfant tous les matins pour aller travailler. Elle en finirait avec cette vie anachronique de jeune mariée, de jeune mère, elle qui a dix-huit ans et qui voit bien qu'on peut rêver d'une existence à soi, en 1968.

1969

Marie voudrait tout avaler. Les biscuits trempés de café. Le petit garçon qui pleure dans son berceau. Les doigts de sa fille couverts de purée. Le robinet qui fuit dans son dos. Tout avaler et grosse de tout s'assoupir, sans prendre même le temps d'aller jusqu'au lit, s'endormir d'une masse, les bras croisés sur la table. À cette pensée sa tête pèse en avant, elle doit faire un effort pour humecter le gant, nettoyer les doigts d'Angèle, un à un. La petite la regarde avec de grands yeux ronds, d'un vert étoilé de noir, fait des moulinets avec le bras. *Oui je sais qu'il pleure, je vais aller.* Elle la soulève de la chaise haute, l'installe malgré ses protestations sur une couverture où sont rassemblés quelques jouets, va jusqu'à la chambre, la gosse sur ses talons. Angèle a marché très tôt, à neuf mois. Elle la suit partout, elle saute la nuit de son lit à barreaux, elle vient se glisser entre Marie et Michel, ils ne l'entendent jamais venir.

Je suis là, fait Marie en se penchant sur le berceau. Soudain elle revoit la piscine, celle du film qu'elle est allée voir juste avant d'accoucher, la piscine où plonge Romy Schneider, elle se revoit au Majestic, le cinéma de Vesoul, installée au balcon et prise d'un léger vertige, la rampe devant elle, la salle tout entière collaient comme de la meringue, Marie déjà se sentait trop lourde pour se dépêtrer de ce qui l'entourait, l'assistance bavarde de ce cinéma bondé, l'ouvreuse qui proposait son panier de sucreries, la main que Michel venait plaquer sur sa cuisse et qu'elle repoussait et qui revenait.

Je vais te manger, dit-elle au bébé, mais en pensée elle revient à l'eau bleue de la piscine, une nuance jamais vue, qui va avec « Côte d'Azur », qui accompagne une chaleur qu'on ne connaît pas, qui se poursuit à travers la nuit, dans des plans sur des dos nus, des terrasses illuminées, une musique qui échappe de fenêtres ouvertes. C'est un lieu où tout est humain, sauf la mer, mais elle, on ne la voit jamais que de loin, repoussée à l'horizon, on s'est contenté d'en répéter la couleur, sertie d'une marche de béton, pâlie, on a allongé un homme sur le bord, Marie rêve qu'elle est celle qui de quelques brasses subaquatiques remodèle cette masse, l'idée qu'on se fait de l'eau, un éclat. Le corps qu'on avait avant, on l'oublie. On sort de la piscine avec un visage radieux. Et le destin, c'est elle, Romy, Marie, à chaque fois en maillot noir, elle se repasse le film, du premier moment où elle apparaît, nageant, jusqu'à l'homme qu'on recouvre de son ventre, quelques secondes inoubliables, le cœur bat plus vite dans la salle de cinéma trop vaste, le public retient son souffle, on n'a jamais vu ça, avant.

Chuuuttttt, souffle Marie. Le bébé calé contre son bras, elle verse quelques gouttes de lait à la saignée de son poignet pour s'assurer de sa température. Cette fois elle donne le biberon, son sein n'a pas pu nourrir une seconde année, un lait trop pauvre, un bébé en pleurs nuit et jour, ses yeux à elle cerclés de gris, ce visage de convalescente qui a succédé à l'éclat de ses dix-sept ans, sans qu'elle sache bien de quel moment dater la transition, ni comment expliquer qu'on puisse passer, si facilement, de l'autre côté du temps, de la vie, ombre de soi-même, déjà.

Un dimanche de sa deuxième grossesse, où elle revient à la maison d'enfance, et où il lui faut de nouveau échapper (à son père, à sa mère, et maintenant à sa fille), elle reprend le chemin qui contourne le cimetière et atteint les habitations les plus proches de l'eau, celles où l'on amarre une barque au bout du jardin, c'est une de ces maisons parfois inondées qu'habite la famille Démoly, là qu'a grandi Delphine et justement la voici, changée elle aussi, bien qu'elle soit toujours aussi frêle, le menton pointu, les taches de rousseur ramassées sous les yeux, une cicatrice de varicelle au front. *Eh oui, c'est bien moi !* fait Marie. Il lui semble revenir de loin. Elle s'étonne qu'elles aient pu se ressembler un jour, Delphine et elle. Maintenant Delphine fait garçonne. Elle porte un pantalon de velours. Dans les poches de son blouson, un billet de vingt francs, une paire de créoles, avant de trouver un briquet. La vie chez Kelton, c'est pas du luxe, et Sylvie Vartan peut bien venir se produire devant les ouvriers, ça n'y change rien. *Sylvie Vartan*, répète Marie, incrédule. *Ben oui, tu sais pas qu'on fabrique des modèles signés Vartan chez Kelton ? Alors tu comprends, ça coûte moins cher au patron de faire venir la Sylvie que de donner une augmentation…* Delphine la verra de près, ce sera le 29 avril 2969, elle se fera dédicacer un 45 tours. Elle a toujours, comme Sylvie, la frange au ras des yeux. Elle lit l'envie dans les yeux de Marie, c'est plus facile que de dire l'ennui des gestes qui se répètent sur la machine, ou d'avouer que le soir on quitte le boulot en courant, c'est si fort qu'elle a cette phrase pour conclure : *Au moins, j'existe.*

Pas tant à l'usine où elle pointe depuis deux ans que dans la marge que lui donne le modeste appartement qu'elle habite seule. Tout s'énonce en quelques instants – le deux pièces au mobilier dépareillé que connaît Marie, un homme qui en remplace un autre (le premier jouait de la basse, le second élève des chiens), ce jour très froid où l'on est montée à cheval, dans le Jura. *Et toi ?*, insiste Delphine, en louchant vers son gros ventre. Elles sont à la pointe d'un pré, d'où l'on regarde une île, les ajoncs que le courant déchire. Et toute la rivière doit venir dans le visage de Marie pour qu'il soit ainsi traversé de vagues, qui le font et le défont. *C'est pour dans un mois...* Si elle avait passé son diplôme de sténodactylo. Si elle avait appris à parler italien, ce qu'elle a cru un jour possible. Si elle portait encore de l'écossais rouge et se goinfrait en cachette de boîtes de lait concentré sucré. Si elle ne croyait pas toujours au portrait de couple qu'ils ont fait, Michel et elle, dans une cabine photographique : elle y est peut-être comme une reine, ainsi que prétend Michel, mais timide ou suppliante, elle ne sait, lui à côté d'elle avec tout ce qu'il a de lumière dans les yeux, pourquoi lui trouve-t-elle un air si menaçant ? C'est aussi plus fort qu'elle que se froisser de la liaison de Delphine avec un homme plus âgé, assez riche pour l'emmener passer deux nuits d'hôtel du côté des Franches-Montagnes, en Suisse, comme si on la privait de la chambre tapissée de bois sombre où sur vous s'allonge un homme bien en chair. Alors, avec une pointe de ressentiment dans la voix, elle demande : *c'est sérieux avec lui ?* Mais quand Delphine hausse les épaules en ricanant, *franchement Marie, qu'est-ce que tu peux être vieux jeu !*, c'est si vrai que les larmes lui montent aux yeux.

Il reste de tout cela une tristesse, quelques semaines plus tard, après que, dans le cabinet du gynécologue, le ventre rayé de vergetures, elle s'est mise à frissonner, le froid venant de tous les instruments, de la blouse de Tergal, du spéculum introduit brusquement, elle s'est raidie contre l'envie de tout repousser à coups de pied. *Dix-neuf ans,* a-t-elle répondu au médecin qui ne la reconnaît toujours pas, l'enfant enfin paisible dans son landau, *et comment s'appelle ce beau gaillard ?* Raoul, contre Régis que voulait Michel et qu'elle n'aimait pas, avec la même obstination elle a obtenu qu'Ivan soit le parrain, plutôt que Gaby. Le gynéco derrière son bureau. Les panneaux qui obturent les fenêtres. D'épaisses reliures sur les rayonnages de la bibliothèque. Dos de cuir, fauteuils de cuir, le luxe des peaux mortes. Il lui dit *vous êtes brave,* et déjà elle sait qu'il est prêt à oublier son nom, *brave* après tout c'est un qualificatif qu'il associe au mot *femme,* mais ça pourrait être *exemplaire,* ou *courageuse,* ça pourrait juste la faire disparaître, la mêler à toutes celles qui viennent s'asseoir à cette même place, tournant le dos à la table d'examen, avec ses étriers et son éclairage froid, oui, ça pourrait juste la faire taire, l'empêcher de placer la phrase qu'elle a dans la tête et qu'elle ne sait pas comment tourner. Elle parle si bas qu'il lui demande de répéter. *Je voudrais la pilule.* Et lui, qui est un homme aux cheveux blancs, reprend après elle, *la pilule,* lui dit qu'il y a des risques peut-être, ces produits nouveaux, est-ce qu'on en mesure bien tous les effets ? Et puis elle est trop jeune, vraiment, à son âge, on est faite pour avoir des enfants, allons. D'ailleurs, aucune molécule n'a encore reçu l'agrément. Même s'il y avait des raisons médicales pour lui en prescrire, il serait dans l'incapacité de le faire, n'est-ce pas ? Marie a l'impression d'être entrée ici depuis une journée entière, à moins que sa vie ne soit que ça, du temps perdu. C'est pourtant simple. Raoul sera son dernier enfant. Même si pour ça, il faudra aller au planning familial, prendre rendez-vous avec un médecin parmi ceux qui acceptent de prescrire les contraceptifs, sous couvert d'indications thérapeutiques, se rendre dans l'unique pharmacie qui accepte de les délivrer, contourner tout ce qui empêche que la loi Neuwirth, dont les décrets d'application n'ont jamais été promulgués, soit appliquée.

Michel a pleuré sur le berceau du nouveau-né, des larmes qui faisaient le deuil de tous les enfants possibles puisque, au cours de nuits où l'on ne dort pas, où dans l'obscurité on s'étonne qu'elle soit si proche, la première fois où l'on s'est vus, et où l'on s'étonne plus encore d'en être arrivés là, deux ans, deux enfants plus tard, ils avaient décidé qu'il n'y en aurait pas d'autre. On chuchote dans la chaleur du lit partagé, on se dit qu'il y aura un lendemain. Elle parle de bosser, à son tour. Lui résiste encore à cette idée. Le jour venu il est là, il patiente dans le couloir de la maternité, on lui a refusé d'accompagner sa femme dans la salle d'accouchement. Quand enfin on le laisse approcher, il fond en larmes devant le garçon déjà langé, ses petits poings rouges serrés à hauteur de visage, le dernier enfant.

Raoul, murmure Marie, au-dessus du berceau, comme si elle n'était pas au bord de la piscine, dans une lumière jamais vue, découverte dans les premières images du film de Jacques Deray, la lumière de la Méditerranée. Elle ne rêve plus que de ça, partir en vacances sur la Côte d'Azur, bouger dans cette lumière, elle ne serait plus la même, non ce n'est pas possible, elle ne serait plus la même, et elle appuie fortement la plante de ses pieds sur le carrelage de leur appartement de Vesoul, dans un bâtiment de cinq étages, ils sont au quatrième, un F3. Leur immeuble dans le quartier du Montmarin, c'est le « bloc des rapatriés », parce qu'on en a décidé la construction pour loger les pieds-noirs, finalement il n'y en a pas un seul, mais des gens d'ici, des ouvriers comme eux, Noirot, Binetruy, Tisserand, Sauvageot. Bazard, lui, travaille en scierie. Loyennet est dans la police. Il y a aussi une famille d'Algériens, l'homme est chez Peugeot, comme Michel. Dans les appartements voisins, ce n'est pas le même désordre, Marie le sait bien. Elle-même n'était pas préparée à supporter ce linge mal rangé, ce lit toujours ouvert, ces draps gris. La cuisine de Formica n'est jamais impeccable, toujours elle laisse traîner une tasse avec un fond de café, une cuillère avec un liseré de yaourt, elle tente des boutures qui mijotent dans des pots en verre, finissent par mourir parce qu'elle les oublie. D'où vient qu'elle est toujours envahie, que la poussière s'accumule, que les enfants ont faim ? Pendant que mijote le repas (une poignée de mange-touts qu'elle fait cuire dans un fond de tomates et d'oignons), elle s'arme d'une chamoisine et d'un aérosol, elle lustre l'enfilade en faux acajou, la lumière de fin d'après-midi rase la poussière. Simone lui a parlé de l'odeur des pinèdes, des plages de galets, des villégiatures qui ourlent la mer, le sentier des douaniers disparaît dans des jardins, on entend des panthères en cage, des richards paraît-il élèvent des ménageries. *Donne-moi cette photo,* a exigé Marie. *Baie des Anges,* a répondu Simone. Simone sur la promenade des Anglais. Ses cheveux décolorés s'échappent d'un foulard noir, elle plaque une main sur son ventre pour retenir sa robe qui se soulève, derrière elle des palmiers, un rivage. Des souvenirs de vacances de Simone, c'est celui qui va le mieux avec les bains de soleil au bord de la piscine et les flirts de Romy Schneider. *Tu vas l'user à force de la regarder,* lui fait Michel. Marie hausse les épaules, elle rapproche le cliché de la lampe, c'est une photo qui brûle, qui menace tous les liens, c'est une photo qui dévastera tout, elle ne sait pas comment, mais elle en est sûre, elle la repose avec un calme feint, le ravissement elle le dissimule sous un petit air de femme contrariée, elle ne fera pas l'amour cette nuit, elle rêvera qu'elle quitte Alain Delon, l'air de ne pas y toucher.

En finir, pense-t-elle, mais avant, tout avaler, redevenir grosse de ses enfants, ressortir les deux valises dans lesquelles tiennent ses affaires, redevenir ce qu'elle était avant de formuler ce *je t'aime,* qui l'a unie à Michel, qui a tout écrasé. Lorsque vient la fin du jour, Marie est assise dans le fauteuil unique du séjour, celui où elle s'installe pour biberonner, où elle passe aussi de longues minutes les yeux fixés devant elle sur le mur blanc contre lequel ils ont appuyé un meuble bas, une *enfilade* a dit le vendeur, et sur ce mur entoilé elle aime le changement des ombres, à cette heure-ci les cheminées du toit d'en face s'allongent, c'est comme une forêt qui pousse, mais sans oiseau, sans rien. Elle n'entend pas que le bébé pleure depuis un moment dans la chambre des enfants. Elle ne voit pas qu'Angèle a entrepris de vider tout le linge de la commode, tournant de temps à autre un visage interrogateur vers sa mère. Elle descend en direction de la mer en décapotable, son écharpe voletant avec ses cheveux, son sourire mangé par le soleil qui dévore aussi le feuillage, le tronc des platanes, ses rayons écartent, réduisent tout, il faut des lunettes teintées pour supporter un tel feu, des gants de cuir pour piloter une voiture de sport, des stations sur des places ombragées où se faire servir des citronnades glacées, et porter des ballerines à pois rouges.

De ses dernières vacances, Simone a rapporté un jeu de sous-verre sur lesquels sont reproduites des vues de villes balnéaires, Saint-Tropez, Villefranche-sur-Mer, Cannes, Antibes, Nice, avec des couleurs saturées comme si on vivait là dans une densité autre, et répandues sur la table à manger chacune de ces images ouvre un monde en soi, chatoyant, prometteur. *Ça te tente, hein ?*, fait Simone, un brin de nostalgie dans la voix, et Marie l'empêche de tout ranger dans le tiroir, lui fait décrire encore les décors de son cinéma, le goût des fruits qui n'est pas le même, le bateau qu'on prend jusqu'à Porquerolles.

Au bout de ses larmes, le bébé finit par s'endormir et Marie par s'arracher aux accostages, à la lumière qui faiblit le soir en traversant le spectre des rouges. Au courrier, il y a une lettre de son frère Ivan qu'on a fini par interner à Saint-Rémy, non qu'il ait tué ses parents, comme on le prédisait au village, il s'est juste arrêté de manger, il a verrouillé la porte de sa chambre et tiré les volets. Trois jours, quatre jours ont passé, le père et la mère ont appelé les pompiers, il a fallu briser la porte à grands coups de masse en se demandant si Ivan n'attendait pas derrière avec un fusil chargé, les gendarmes étaient là, prêts à répliquer, mais non, Ivan était évanoui au pied du lit, dans son sang, ayant commencé à se taillader les veines. On a fait venir une ambulance. Les parents ont signé la demande d'hospitalisation par un tiers.

Ivan envoie des lettres que Marie n'ouvre pas tout de suite. C'est le plus souvent la photographie d'un chien découpée dans un magazine, en suivant les contours de l'animal, même si parfois restent visibles l'amorce d'une laisse, un bras qui enlace, qui peut être celui d'une vieille femme dans un tissu à ramage sur un setter irlandais ou bien, nu et velu, avec un épais bracelet de montre, celui d'un homme sur un labrador. Au dos du découpage, Ivan écrit des messages. Juste une ligne, *ma petite Marie, viens me voir.* Ils y vont le dimanche, avec Michel. Le parc de l'asile est un lieu où se promener. Ivan montre les fleurs à Angèle et lui apprend leurs noms, Marie le soupçonne d'inventer la plupart. *Tu sais ce que tu as sur le front ?*, lui demande-t-il. *Qu'est-ce que j'ai sur le front ?* Marie voudrait se regarder dans un miroir, il n'y a pas de miroir. *Une chienne*, répond Ivan, et il rit, tout seul, comme d'un bon mot.

Lorsqu'il est question d'Ivan dans la maison d'enfance, personne ne se regarde plus, toutes sortes d'objets prennent de l'importance : le chien de faïence dans la gueule duquel on glisse le courrier décacheté ; l'éphéméride sur lequel sont écrits le nom des saints, l'état de la Lune, l'heure du lever de Soleil ; la photo encadrée des noces d'argent des parents, le 20 juin 1957, la famille au grand complet, Ivan a dix-sept ans, Marie sept, le père lève les bras au ciel, un verre dans une main, une bouteille dans l'autre, la mère ne sourit pas, en robe sombre à jabot de dentelles, sévère comme une dame hollandaise. *Il finira par aller mieux, il sortira*, a rapporté la mère, qui fait ses visites en semaine et rencontre le psychiatre. *Mais des médicaments sûrement il en prendra toute sa vie.* Lui tournant le dos, Marie surveille Angèle qui joue devant le bûcher, avec ses cousins plus âgés, et la petite qui sait qu'elle la regarde brandit dans ses mains sales des voitures miniatures. Tony à côté d'elle, vautré dans la sciure, lui dit quelque chose. Marie devine l'hostilité du garçon : *fais pas ça, ça vole pas les autos.* Angèle rit quand même en faisant tourner les roues dans les airs. Tony voudrait les lui arracher des mains mais il n'ose pas. Coulant un regard en coin vers la cuisine, constatant que Marie les observe, il se lève et s'enfuit en courant, vers le potager.

Et qu'est-ce qu'y fera une fois dehors ? demande le père, qui voit des choses au fond de son verre. *Y feraient mieux de le garder.* Personne n'a rien à répondre. Marie lisse sa frange. Elle s'est mise à voir les chiens qu'on ne devine pas, ceux qu'on découpe dans les journaux, ceux qui passent au fond des images et posent de grosses têtes obéissantes sur les appuis de fenêtre. Elle les entend courir, presque toujours silencieux au bas des immeubles, comme des bêtes de course.

Les lettres s'interrompent lorsqu'Ivan se brise la main en cognant du poing contre un mur. Les doigts dépassent du pansement, avec d'énormes phalanges talées, chargées d'eau ou de corticoïdes, et devraient tomber, c'est sûr, on ne peut détacher son regard de ces fruits blets (qu'est-ce qui peut les tenir ensemble ?). C'est toujours mieux que le visage d'Ivan, sa couleur de poire sure, ses pupilles qui glissent vers le coin de l'œil sans s'arrêter sur rien, en quelques jours ses joues ont gonflé davantage que sa main. L'infirmière qui a fait entrer Michel et Marie leur a recommandé de ne pas rester trop longtemps. Ils parlent à voix basse. Maintenant il faut associer dans une même phrase *Ivan* et *forcené*, ou bien *Ivan* et *camisole*, des mots qui déforment presque autant que les médicaments. Comme le trop de lumière, ils font baisser les paupières. On ne voit plus le monde, mais son ombre. Celle des arbres, mouchetée, bousculée. Celle des tables d'un bistrot, couverte de cendres, jonchée de mégots. Celle d'un verre de guignolet, toute ronde. On fait une pause avec Michel sur la route du retour. On reconstitue ce qu'on sait dans des phrases urgentes, répétitives. On n'a d'explication pour rien. On est si fatigués tous les deux. Lui les yeux rougis de s'être levé avant l'aube pour une matinée d'heures supplémentaires. Elle réveillée à plusieurs reprises par un enfant qui se plaint. Elle n'a pas quitté sa cape en lainage des fentes de laquelle sortent ses bras rouges, emmêlés sur la table. À chaque fois qu'elle repose son verre, elle tourne un peu la tête, du côté de la fenêtre trop froide, embuée, elle passe la langue sur ses lèvres, elle se souvient qu'Ivan, mon Dieu !, a été un gamin féroce et joyeux.

Tout ce que nous étions, nous l'étions ensemble, dit-elle, et ça lui paraît si loin qu'elle se tait. Michel finit par la prendre par le bras et la conduire au-dehors, on s'enferme dans la voiture et avant de démarrer on s'embrasse, lui a des brins de tabac emmêlés dans la moustache, elle a gardé ce goût de cerise. On voudrait être vierge, à nouveau, sans le poids de tout ce que l'on vient de vivre, en trois ans, qui nous a non seulement changée, mais perdue. On s'étonne de pouvoir rentrer chez soi sans appuyer sur la sonnette. Eh bien oui, on s'appelle Brulhard. Dans le salon, on a conduit le feuillage du philodendron afin qu'il grimpe le long du mur et jusqu'au-dessus de la baie vitrée. L'ourson rose qu'on ramasse par l'oreille, c'est celui de notre fille. Le visage que l'on aperçoit de biais et de loin, par un curieux accident de perspective, à travers les portes ouvertes du séjour et de la salle de bains, dans le miroir au-dessus du lavabo, c'est bien le nôtre, avec ses pommettes marquées, trop larges. Le temps que Michel aille chercher les enfants chez les Sauvageot, on reste seule, on voudrait commencer quelque chose, on remplit une casserole d'eau, on allume la lumière dans toutes les pièces, on a une paire de chaussons à la main, on marche sans bruit d'une fenêtre à l'autre, en posant la main sur le radiateur on croit qu'on va la brûler, et puis non, on repart, on craque une allumette, on a les chaussons aux pieds maintenant, et dans la main une poignée d'œufs, qu'on laisse glisser dans l'eau frémissante, un par un. On voudrait donner à chaque chose un nom unique. On se souvient avoir déposé des œufs durs, dans une fourmilière, et les avoir repris deux jours plus tard. Sur chaque coquille le chemin des fourmis avait laissé un dessin différent. On voudrait qu'il en soit de même, ce soir. On baptiserait l'un Marie, l'autre Ivan. On raconterait des histoires. À la place, comme Michel a pensé à rapporter un sapin, on passe la soirée à guider la main d'Angèle pour poser les guirlandes et accrocher de grosses boules dorées. On chante un peu faux. On a la voix qui tremble.

1970

Les départs en vacances seront toujours semblables. On aura tracé un itinéraire sur la carte Michelin, calculé les heures de route. On se sera disputés autour des bagages. On sera partis quelques heures à peine après la sortie d'usine. Avec le crépuscule.

Passé la toile des routes familières, on traverse des bourgs qu'on ne connaît pas, qui se développent autour des nationales et deviennent des chapelets de lumière lorsque la nuit vient, on les aperçoit de loin, on s'amuse à un compte à rebours, un, deux, trois jusqu'à cent vingt. On lit un nom sur le panneau à l'entrée d'un village, Balanod. On voudrait l'inscrire dans sa mémoire, pour toujours – de grosses maisons font une rue, un chat traverse la chaussée, ses yeux brillent, phosphorescents, aveugles. On est loin, déjà.

La 2CV, on l'a transformée en embarcation, emplissant le coffre de bagages, comblant l'espace entre la banquette arrière et les sièges avant, de sorte d'installer un lit où dorment les enfants, dans des sacs de couchage. Dans un interstice on a calé les deux bouteilles Thermos, l'une d'eau fraîche, l'autre de café fort. Il va falloir tenir toute la nuit. Michel parle de Lyon, du tunnel de Fourvière qu'on perce pour fluidifier la traversée de la ville, les habitués l'ont prévenu qu'il y aurait des bouchons, il a peur de s'égarer, de prendre une mauvaise direction, qui les éloignerait du Gard et les perdrait vers l'ouest. Marie déploie la carte Michelin sur ses genoux. Elle entrouvre légèrement la vitre, de peur du mal de cœur, de ce qui pourrait gâcher ce voyage dont elle se fait une fête. La carte est toute en couleurs, avec les résilles rouges, jaunes et blanches des routes. Çà et là émerge un nom, qu'elle énonce à voix haute. Beaune. Pierrelatte. Orange. Nîmes. Certaines de ces routes ont amené des légions romaines, emporté le vin, vaincu des forêts. Et tout ce qu'on vit n'est qu'un instantané dont il ne restera presque rien : le souvenir irréel des phares allumés de myriades de voitures sur l'autoroute A7. En cette nuit du 30 juillet, des centaines de milliers d'automobilistes quittent les zones industrielles du nord pour converger là. Durant un an, depuis les dernières vacances, on aura partagé le même rêve. Quelque part, dans ce même flux qui les emmène au sud, se sont jointes la Dauphine de Gaby et Simone, la 204 de Lulu et Raymond. Au matin ils buteront sur la mer les uns après les autres. Marie voudrait qu'ils soient les premiers. Que les autres arrivent après qu'ils auront tout découvert, lorsqu'ils n'auront plus rien à apprendre.

Simone lui a fait entendre le souffle des vagues dans un coquillage, un gros coquillage rose et blanc qui ressemblait à une trompe et dont elle a posé le pavillon sur son oreille. De l'intérieur venait un pleur. *Alors ?*, lui a demandé Simone. C'était trop loin de la piscine. Le corps de Romy Schneider qu'on entend avant de le voir, une voix puis une éclaboussure, un plongeon. Marie a repoussé le coquillage. *Tu me fais la tête maintenant ?* Simone l'a retenue par le bras, l'a forcée à se rasseoir, lui a donné un bref baiser. *Chérie, tu es trop difficile.*

Comme ils partaient tous ensemble et que Gaby et Simone connaissaient déjà la Côte d'Azur, ils se sont décidés pour Le Grau-du-Roi. Marie en a rêvé la nuit d'avant. Un gros village de pêcheurs, serti de pierres étincelantes, de bras d'eau, que séparaient de la mer cascades rocheuses, gorges fendues d'à-pics, langues de sable où l'on s'allonge sur des lits de mica. Remparts, tours de guet, un château. Des rues dépeuplées, les gens d'ici étaient morts, depuis longtemps, ou bien ils dormaient. Sa petite valise aux pieds, Marie n'était pas joyeuse. Le trait d'ombre des toits passait au milieu de son front. Elle aurait voulu un verre d'eau fraîche, un simple verre rempli à ras bord, mais les bassins des fontaine étaient vides, les portes auxquelles elle frappait ne s'ouvraient jamais et lorsqu'elle avançait vers la mer, d'un bleu si désaltérant, elle était arrêtée par des failles vertigineuses, au fond desquelles volaient des mouettes. Se retournant, elle constatait que le village avait reculé, il miroitait des lointains d'un désert rouge, un chemin rempli de sable l'en séparait. Marie ouvrait la bouche. À l'intérieur sa langue était bleue. Elle avait dit quelque chose qu'il ne fallait pas. Ça lui donnait soif. Marie plaquait sa main sur sa bouche, mais ce n'était plus la sienne, c'était celle d'un homme, calleuse, trop grande, d'une force exagérée. Elle s'est réveillée en sursaut. Ouverte au pied du lit, la grande valise débordait de vêtements. Plutôt que de se rendormir, Marie a passé son maillot de bain. Elle est allée se regarder dans le miroir de la salle de bains, où on ne se voit qu'à partir des épaules. Elle a souri à celle qui s'en allait demain. Et vraiment, tout à l'heure, en fermant la porte pour trois semaines, elle a pensé qu'elle laissait quelqu'un derrière. Une nana de vingt ans qui n'est jamais sortie de chez elle.

Maintenant, ils sont sur une ligne sans brisure, sur laquelle les voitures s'enchaînent, pare-chocs contre pare-chocs, ça doit se voir depuis la Lune, un feston lumineux qui s'étend vers le Midi, et parfois un point se détache, flambe durant quelques secondes, c'est une voiture jetée contre un arbre et qui brûle, *ainsi est morte Françoise Dorléac,* se rappelle Marie, et allumant le plafonnier elle se penche à nouveau sur la carte, sur la Terre vue du ciel et qui est comme un firmament, à cette heure, où brillent des constellations urbaines, des voies rapides, et eux se rapprochent de la part la plus lumineuse, Lyon est le moyeu de cette nuit, ils vont être des centaines de milliers, un million peut-être, à s'engouffrer dans la vallée du Rhône. La clarté électrique des phares persistant sur la rétine, ça fait des guirlandes, partout où l'on pose les yeux. Alors on se souviendra de cette nuit comme d'une gigantesque fête foraine.

On leur a dit qu'il faudrait s'arrêter, stationner un moment sur une aire de repos, prendre le temps de faire quelques pas, que ça empesterait le mazout mais qu'il faudrait respirer quand même, sans s'éloigner de la voiture où les enfants rêvent, se dégourdir les jambes, s'étourdir de voir que tant d'autres continuent de rouler. Mais ils ne s'arrêtent pas. Michel a fait le plein avant de partir, chargé le réservoir jusqu'à la gueule, jusqu'à le faire déborder, pour rouler le plus loin possible, pour avaler des kilomètres à la naissance de la nuit, au moment où ils seraient les plus seuls, sur des routes qui percent les forêts. Et puis ils y sont, là où ça s'engorge, là où ça n'avance plus, et c'est là qu'il faut péniblement se ranger pour gagner une station-service illuminée. Marie en profite pour courir aux toilettes, et là encore il faut attendre, s'agglomérer aux visages blancs de fatigue, aux robes fleuries, aux chevelures permanentées, elle comme les autres glisse les doigts dans des frisettes, retient un bâillement, en ressortant elle achète un paquet de guimauves et elle court jusqu'à la voiture qui a regagné le flot, mais on avance au pas, et même pas, on n'avance plus, ils mangent les sucreries, l'heure tourne. Au revers du pare-soleil, il y a un miroir où s'inspecter par fragments, la bouche qui brille d'un peu de sucre, les yeux trop grands, les cheveux qu'on fait boucler. On gonfle les joues. On gonfle le cou. On ressemble à Ivan, peut-être. Il suffit de ne plus respirer. On a voulu, une fois, l'emmener en promenade et pour ça on s'est préparée à l'avance, on a convenu à l'hôpital qu'on viendrait chercher Ivan à dix heures, qu'il serait de retour à dix-sept. On a choisi d'aller pique-niquer au bord de la Saône. Ivan s'est allongé sur le dos, un mouchoir sur les yeux. On n'a pas osé le déranger. On n'a rien fait d'autre que regarder la rivière et souffler des bulles de savon avec les enfants, de grosses bulles qui voletaient quelques secondes et se défaisaient dans des exclamations déçues. À la limite du champ de vision de Marie, Ivan dormait sans mouvement, dans un tee-shirt bleu sur lequel venaient se coller les sauterelles. Marie garde de cette journée quelque chose d'amer et de menaçant. C'est peut-être la haine qu'elle cache en elle et que la présence de ce frère rend perceptible. Car elle voudrait le mordre. Lui griffer le cou. Le frapper à coups de pied. L'obliger à se défendre. Mais quand on lui parle, il regarde ailleurs. Quand on lui propose un sandwich, il ne le prend pas. Il remonte dans la voiture, il attend l'heure du départ, son cou, son visage épais gonflent encore avec la chaleur, il a d'énormes mains. Marie se dit qu'elle lui enverra une carte postale. Elle cherche sur la carte le golfe du

Lion et ses stations balnéaires. Elle imagine la descente vers la côte, une route qui serpente dans les pins, la mer apparaîtra d'abord par échancrures, c'est ce qu'a raconté Simone. Marie fait un effort pour se souvenir des images de *La Piscine,* mais il ne lui revient jamais que l'eau qui éclabousse, la silhouette de Romy Schneider, et peut-être, si, le volant de la voiture de sport, les mains gantées de Maurice Ronet, le son d'un moteur poussé à fond, une exclamation de colère.

La mer, Marie l'a découverte d'abord, en noir et blanc, sur le téléviseur qui trône dans la cuisine, aux Fins, et qu'on allume le soir, pour les actualités. Une masse grise et mouvante, dans laquelle jouaient de jeunes gens, la voix off tentait de dire l'écume inconnue, du blanc sur du gris. Et puis dans *La Piscine,* dans le premier plan, celui où Delon prend le soleil sur la pierre, il y a derrière lui quelque chose qui n'est pas le ciel, ce bleu horizon, *c'est la mer,* une voix l'a crié, naïve, dans le cinéma silencieux, et personne n'a rien dit, Marie s'était penchée en avant, appuyée au balcon, accrochée à ce mouvement fluide de la caméra qui se rapproche de Delon, la mer déjà hors champ, la piscine acidulée, le film enclenché avec l'impossibilité de revenir en arrière, Marie s'en veut d'avoir manqué d'attention, ces trois ou quatre premières secondes elle voudrait les visionner à nouveau, la mer elle n'est pas sûre de l'avoir vue. Alors elle regarde sa montre. Plus que quelques heures. Ils avancent toujours lentement. C'est un embouteillage qu'ils raconteront longtemps. Ces centaines de milliers d'automobiles. Ces étoiles que l'on croit voir briller, mais non, ce sont les feux des avions qui s'envolent. Tout près de l'autoroute, parfois pratiquement au-dessus d'elle, la ville de Lyon. Tout au moins une première ligne d'immeubles aux balcons desquels on a entassé de l'électroménager, des plantes vertes, des vélos et qui, par leurs fenêtres ouvertes, s'emplissent du CO2 des gaz d'échappement et de tous les sons (moteurs, trépidations mécaniques, klaxons, voix humaines) que déplace l'embouteillage. Est-ce que quelqu'un peut dormir, cette nuit, à quelques mètres de la deux fois deux voies ? Marie se colle à la vitre pour guetter les quelques fenêtres éclairées. Il y a les vies de ceux qui habitent là, et puis toutes celles qui s'agrègent alentour, ça donnerait presque le vertige d'y penser : en cette nuit de 30 juillet 1970 on est mêlée à une multitude qui excède l'imagination, même si on va peu à peu se faire à ce changement de dimension, à cause du poste de télévision qui finira par apporter dans notre salon d'autres vies que la nôtre, à cause aussi des séjours dans les marinas françaises, comme au Grau-du-Roi où l'on se liera, quelques jours, avec une femme aux cheveux crépus née à Morne-À-l'Eau, Guadeloupe, qui s'étonnera que le Montmarin puisse être une cité HLM de Vesoul, et qui nous apprendra à manger les coquillages, faire des feux sur la plage. Et peut-être cette amitié fugace, extraordinairement insouciante, changera davantage Marie que les escapades organisées par Simone, elle qui affirme qu'on est mieux, *entre femmes*, elle qui convoite la vie des noctambules des bars à la mode de Port-Camargue, là où, dans des bâtiments tout neufs complantés de palmiers, l'on vient, en courte robe blanche, jusqu'à des deux-trois heures du matin, vider des verres de sangria.

Et puis Lyon est derrière eux. Ils ont repris un peu de vitesse, se dégageant progressivement de la gangue de Fourvière, réalisant aussi au bruit énorme qui les suit, et qui ne se confond plus avec les coups de klaxon et d'accélérateur, qu'ils ont perdu le pot d'échappement de la 2CV dans la cohue de bagnoles et qu'ils vont finir leur voyage en pétaradant, ce qui les fait s'esclaffer comme des gosses, le tintamarre va réveiller tous ceux qui essaient de dormir, en cette nuit du 30 juillet, tous ceux qui échappent encore à la migration. C'est ainsi qu'ils descendent le sillon rhodanien, retrouvant le vocabulaire des livres de géographie. Ils s'arrêtent pour regarder le mont Ventoux qu'ils ont vu à la télé, dans les retransmissions du Tour de France. Marie n'a pas sommeil. Ce qu'elle veut maintenant, c'est arriver le plus tôt possible, avant Gaby et Simone, avant Lulu et Raymond, être la première à voir la mer.

On leur a dit qu'ils l'apercevraient de loin, un accroc bleu dans les collines, mais le jour a beau se lever ils traversent la petite Camargue entre des murs de roseaux, longent les remparts d'Aigues-Mortes sans rien voir qu'un bras d'eau où sont amarrées des barques, franchissent les Salins du Midi : des lagunes d'eau morte, roses, bleutées, jaunâtres que délimitent des digues, des flamants pêchent, haussés sur une patte, çà et là une table de récolte renvoie une lumière blessante, au loin des grues, des trémies, des arcs métalliques sont piqués dans des terrils blancs. Jusqu'au Grau la route longe un chenal qu'un bateau remonte avec paresse, ils finissent par le dépasser, bien qu'ils n'avancent presque plus, les yeux pris dans les étangs saunants et peu à peu dépigmentés, il faut ciller pour discerner encore une ligne plus grise au fond. Ils cherchent le chemin des plages, l'Espiguette, c'est là qu'ils vont camper. Il faut encore traverser des étendues saumâtres où s'engluent des roseaux, après les couleurs célestes des salins, les voici versés du côté d'eaux brunâtres et malodorantes, d'herbes sèches, de chemins de terre, et ça n'en finit pas, ils n'ont toujours rien vu quand au milieu des pins, ils reconnaissent la Dauphine de Gaby. Simone, qui devait faire le guet, se lève en agitant son foulard, commence à courir à travers les nuées de moustiques.

Ses cheveux brûlés trouent la pénombre des toiles de tente. *Continuons, allons jusqu'au bout,* fait Marie d'une voix excédée. Au lieu de bifurquer vers l'entrée du camping, ils accélèrent. Au bout d'un chemin étroit, ils trouvent du sable et se garent au pied d'une dune. Il faut encore emporter les enfants, si profondément endormis qu'ils ne sentent pas qu'on les soulève dans des bras chargés de vent et d'odeurs nouvelles, l'iode, le sel. Il faut grimper une pente qui cède, qui emporte le pied. Et puis tout à coup, c'est là, ils ne s'en lasseront jamais, sous leurs yeux. La grande bleue.

1971

Les enfants sont sur la banquette arrière de la 4L, toujours sages quand elle conduit, s'ingéniant à ne rien omettre de ce qu'elle sait, cela fait trois mois qu'elle a son permis, deux mois qu'ils ont changé de voiture. Elle utilise un petit coussin pour se rehausser derrière le volant, elle a peur de ne pas voir ce qui vient, de perdre son regard dans le ciel trop blanc, le balancier de la médaille porte-bonheur accrochée au rétroviseur. Elle craint les oiseaux qui pourraient heurter le pare-brise lorsqu'ils se détachent des haies, alors la voiture fait une embardée, les bras de Marie se crispent, elle s'applique à fixer la route, à oublier les prés très bas où les ruisseaux ont grossi et répandu des corps (bras, échines, dorsales), des courants scintillants. Les enfants pelotonnés l'un contre l'autre sont comme elle, ils s'endormiraient à juste regarder les eaux montées, au ras des maisons, ils se laisseraient emporter par cette bête insidieuse, la Saône gonflée, comme un gros chagrin qui veut tout étouffer. Des arbres crèveront cet hiver d'avoir trop séjourné dans l'eau.

Et pourtant, Dieu sait que ce que Marie a en tête devrait la distraire de tout, Dieu sait combien elle est nerveuse depuis des semaines, distraite, les heures qu'elle passe devant le miroir à se refaire une beauté au rouge à lèvres, au mascara, dès que c'est fait elle efface tout, au mouchoir en papier, et puis elle recommence, elle n'en finit plus de se chercher un visage.

Elle a voulu ces leçons de conduite, assidue, pas très douée, il a fallu l'admettre, mais obstinée. Le dimanche elle s'exerçait dans un chemin aux Fins, Michel à côté d'elle se taisant pour ne pas la distraire, et c'était l'été encore, étourdissant, elle était joyeuse. Un soir elle a conduit jusqu'à Cirey, en suivant à vitesse réduite le lacet d'une route étroite, passant de forêt en forêt. Ils ont nagé dans la rivière qui est réputée dangereuse, mais cette fois-là Marie s'est éloignée de la rive dans le courant frais, les enfants lui faisaient signe depuis la berge, elle s'est sentie confiante et heureuse, elle a dérivé jusqu'au pont, s'est accrochée à la main de Michel qui l'a retenue d'aller avec la rivière se jeter dans plus grand qu'elle. Au retour, au volant, dans ses bras fatigués, dans l'accalmie du crépuscule, elle sentait encore se tendre le fil du courant et enchaînait posément les gestes, sans y penser. C'est ainsi croit-elle qu'elle a réussi son examen du premier coup.

Bien sûr il y a ce regret d'avoir donné comme photo d'identité du permis de conduire un cliché du mois de février, où elle a l'air un peu sévère, dans un gilet à col rond, la bouche petite, les cheveux coiffés en arrière, sans même une boucle d'oreille, le teint très pâle, presque sans matière, il s'en faut de peu qu'elle ne se confonde avec le fond de la cabine. Elle regrette de ne pas avoir refait un Photomaton au retour des vacances sur la baie d'Audierne, avec son visage éblouissant de la fin d'août, celui qu'elle essaie de retrouver dans le miroir, et qui lui échappe.

Elle s'est entendue avec sa sœur Claude pour lui laisser les enfants toute une après-midi mais à Port-sur-Saône elle se repère mal, n'étant jamais venue seule, elle tourne un peu avant de retrouver la rue, la maison flanquée d'un jardinet. Sous le pommier une jonchée de fruits finissent de pourrir. Les enfants grimpent en courant les marches du perron. Marie contient son impatience. Elle apporte des beignets qu'elle a préparés la veille. Assise à la toile cirée le temps d'un café avec Claude, voici la conversation : Ivan qu'elle prétend aller visiter à Saint-Rémy (l'hôpital psychiatrique, mais on ne précise pas : aller à Saint-Rémy c'est aller chez les fous), la peluche qui consolera Raoul s'il vient à pleurer, la robe qu'elle a achetée sur le marché, à Vesoul. Elle dit Vesoul, comme elle dirait Londres, Mexico. Elle ment sans réelle nécessité. Tricher avec Claude c'est sa manière de l'éloigner d'elle. Claude est du côté des indéfrisables et de la résignation. Marie a choisi l'aventure.

Elle s'en va. Du moment où elle est seule, elle est tentée de ralentir, elle ne sait pas s'il faut arriver, s'il faut en finir avec cette tension nerveuse, elle se gare le long de la départementale, allume une cigarette sans sortir de la voiture, d'ailleurs il a recommencé à pleuvoir. Elle pourrait s'arrêter là, laisser passer une heure puis deux, reprendre la vie là où elle l'a laissée, la manche du pull qu'elle tricote pour Angèle, une maille à l'endroit, une maille à l'envers, l'appartement jamais correctement rangé, le téléviseur qu'on allume le soir, un chemisier qui brûle sous le fer à repasser. Elle pousserait jusqu'à l'hôpital, resterait un moment avec Ivan devant le téléviseur allumé et prélèverait sur sa ration de médicaments une pilule pour plus tard, elle aime ces petits comas dans lesquels on sombre d'un coup.

Et puis non, elle préfère reprendre à partir de la robe bleue qu'elle portait cet été, lorsqu'elle s'est installée seule en terrasse, celle d'un café qui donne sur la Colombine, pour boire un Canada Dry, ce qui n'a pu lui être inspiré que par ce bleu irréel, ni couleur de ciel, ni uniforme, ni paquet de gitanes, un bleu azurin, aussi artificiel qu'une fleur en organdi, qui l'autorisait à s'asseoir et à commander un soda, ce qu'elle n'avait jamais fait, dépenser deux francs dans un verre de ginger ale. Jamais toute seule à une terrasse, pieds nus, déchaussés, les carreaux sales et chauds sur lesquels elle laisse une empreinte humide, l'homme en chemise blanche qui lui propose une cigarette, après tout elle n'a que vingt et un ans, la rivière diminuée devant eux, masquée par de grosses touffes d'ajoncs, le vieux qui tient le bar chantonne en passant une lavette sur les tables. Ils fument sans se regarder, elle et lui, séparés par deux accoudoirs.

Est-ce que la terrasse est si petite que ça ? Est-ce qu'elle s'installe les yeux fermés ? Est-ce qu'il est venu de l'intérieur et assis à côté d'elle sans qu'elle y prenne garde ? Est-ce qu'elle ne se souvient de rien ?

Les pieds gris de poussière, les fines sandales dorées abandonnées sur les carreaux de ciment, l'homme à côté d'elle, désœuvré, et sur la table une enveloppe kraft qu'elle est venue acheter en ville, prenant sur une impulsion (parce qu'il fait si chaud, parce qu'elle a pressenti de loin la fraîcheur) la rue qui mène à la rivière au lieu de remonter à l'opposé, vers le Grand Grésil, et puis le Montmarin. Elle n'en revient pas de cette terrasse tranquille où s'insinue un peu de vent, ni qu'il puisse y avoir un homme comme ça, en chemise de smoking, en pleine après-midi, accoudé à côté d'elle, sans d'autre occupation que de l'interroger sur sa vie. Vie à laquelle elle cherche à donner un peu de grâce, alors que tout ce qui lui vient à l'esprit c'est une photographie prise pendant les vacances en Bretagne. Deux enfants sur des rochers, une fillette en maillot rouge qui rit en tendant les bras vers l'objectif, un petit garçon en barboteuse blanche qu'il faut empêcher de se perdre sur la plage, Michel le retient d'une main, tout le monde a les yeux plissés à cause du soleil. L'océan derrière, sombre et froid, ferme l'image sans horizon. Et d'y repenser, Marie aussi se glace, elle se durcit dans sa robe bleue, sa bouche prend un drôle de pli méchant, ses dents se cognent au verre quand elle veut prendre un glaçon dans sa bouche. Elle a appris à nager, en août 1970 au Grau, cet été à Penhors. Elle a pris quelques photographies. Et lorsqu'elle a récupéré les clichés chez le développeur, c'était comme si elle n'avait pas été là. Alors elle brode, elle romance en sirotant son Canada Dry, elle fait siens les cigarillos de Simone, les sangrias dont on s'enivre à la flamme des bougies, sous d'inutiles parasols, alors que passent des yachts illuminés et que l'on utilise, à tout bout de champ, l'expression *dolce vita*.

Les poignets de la chemise sont d'un blanc douteux. Quand l'homme les roule sur ses avant-bras sa peau dorée semble chargée d'un suc, d'une vitalité qui donne faim, et ses yeux quand il relève le verre fumé de ses lunettes sont fermés d'une ombre noire.

Marie connaît la plage qui brûle la plante des pieds. Elle connaît l'eau lente et glacée des rivières, qui étreint le ventre et veut vous garder en elle. Elle se vante peut-être.

Elle a peur qu'il regarde ailleurs. Mais non. Il s'appelle Stéphane. Il a tout son temps. Il aimerait qu'elle boive la même chose que lui et commande deux Americanos. Des mains soignées, des ongles mauves. Il rit sans cesse, en se moquant. Une parole d'homme cultivé qui ne cherche pas comme elle des appuis profonds dans la langue, un parler moins lent, moins chuintant.

Elle connaît le goût de l'alcool qui remonte dans la paille et couvre la langue par vagues. Elle connaît la musique qui s'échappe du juke-box, la vulgate de Procol Harum, les lourds accords d'harmonium. Elle connaît l'expression *petite gouape.*

C'est ainsi qu'il la nomme, en la couchant sur sa chemise, ouverte dans l'herbe haute, contre un bras retiré de la rivière. Elle prend ce dernier mot comme d'une langue étrangère. Elle n'a pas appris l'anglais. Mais elle se le répète, toute seule dans la 4L, comme sous un grand parapluie, *petite gwap,* tandis que le ciel se vide, que la plaine s'emplit, que la route disparaît sous la pluie. Elle aurait voulu que l'été ne finisse pas, que rien n'oblige à ranger la robe bleue. Elle est retournée au café dès qu'elle a pu, c'était déjà l'automne, elle portait un pull noir, elle a choisi la consommation la moins chère, un café qu'elle a fait durer presque une heure, vérifiant de temps à autre l'heure sur sa montre, ses enfants chez une voisine qu'il faudrait reprendre à quatre heures, le sucre fondu sur la cuillère, le manège du petit vieux entre le comptoir et la terrasse déserte, l'homme qui n'a pas réapparu, bien qu'elle ait cru le reconnaître, de loin, mais non, c'était un grand brun sanglé dans un imperméable, le visage barré par une moustache et la monture épaisse d'une paire de lunettes.

Le plus loin qu'ils aient parlé, c'est enlacés pour un slow, dans le café où ils étaient seuls, le vieux qui tenait la boutique s'étant retiré dehors, savourer tranquille un petit cigare. Un slow de quatre minutes que lui relançait à chaque fois, d'une pièce dans le juke-box, piochée dans la poche de son pantalon. Et il la reprenait dans ses bras pour lui parler d'elle, ce que personne n'avait jamais fait, elle l'écoutait avec sérieux, il baissait la fermeture Éclair de sa robe pour lui caresser le dos en lui murmurant ces choses, elle aimerait se souvenir de tout, seuls reviennent quelques mots détachés d'une phrase, *reine des glaces,* c'était à cause de ce bleu, et c'est à cause de ce bleu qu'elle a décidé d'aller voir Simone, sans rien en dire à Michel, la dissimulation lui revenant comme à une gamine de dix-sept ans avec cette complicité de femmes, cette envie aussi de raconter.

Elle prend la route de Villersexel, Crevans, Présentevillers, Bavans. Le pays perd de sa beauté avant que ne reviennent les hêtraies où les routes taillent des saignées étroites, facilement recouvertes de brouillard. Dans les villages, il faut négocier des virages aux angles bizarres, longer des fermes trop vastes, d'un coup retomber en forêt et allumer les codes, éprouver la puissance et la mélancolie de ces terres âgées, qui ont leurs propres lois, qu'on ne connaît plus. Commencent des suites de lotissements entrecoupés de ce qu'il reste de futaies. La ville surgit par lambeaux. Des trottoirs s'amorcent au milieu de rien, scandés régulièrement par des lampadaires. On bifurque vers une parcelle isolée construite d'une maison neuve encore, dans ses talus boueux qu'on plantera bientôt de gazon et d'arbres insolites qui ne grandiront jamais vraiment, un pavillon où Marie est venue à plusieurs reprises (souvenirs d'heures léthargiques : le verre de vin renversé à table, le tapis imprimé d'une dame de pique sur lequel on joue au tarot, les traces des mains des enfants sur des meubles modernes), mais tout est soufflé à présent qu'elle arrive seule, dans une robe en lainage bleu pétrole, achetée sur le marché et qu'elle porte avec des bottes noires, dans laquelle elle se sent à la page, pour la première fois. Et par contraste, le monde lui paraît vieux. L'impatiente.

Frapper à la porte, la maison si sonore où l'on entend claquer des semelles, et quand on entre, une odeur de plâtre et de mastic, quelques meubles disparates, une impression de vide. Simone est en peignoir, l'air de sortir du lit à l'instant, les cheveux négligés, la bouche sale, elle est en congé maladie depuis une semaine et à la voir Marie se demande si c'est vraiment un certificat de complaisance, comme elle a prétendu au téléphone. Sur toutes les surfaces réfléchissantes (laque de la cuisine intégrée, baies vitrées, carreaux blancs au sol), Marie est une grande ligne bleue, et l'ombre laiteuse, mal définie, qui se déplace, c'est Simone.

Le bonheur d'avoir rencontré un homme qu'elle ne reverra jamais, ce n'est pas quelque chose que Marie peut raconter si facilement. À la place de tout ce qu'elle croyait dire, elle attend que Simone finisse de s'agiter dans la cuisine à la recherche de quelque chose à offrir. Au mur, on a accroché des scènes de vénerie, en tapisseries de fils ocre, verts, noirs. Marie les contemple fixement. Il y a des chiens, un cerf, une battue à travers un gué, une multitude incongrue de cors, de chevaux, de livrées, comme s'il avait été prévu qu'on restât de longues minutes à les déchiffrer, à guetter un mouvement de meute, une coulée de sang. Les minutes passent. Simone ne reparaît pas. Le silence s'installe, à rester seule. Marie comprend qu'elle repartira avec son histoire, celle qu'elle ne peut partager avec personne. Qu'est-ce qu'on dirait d'elle, si on savait ? Simone refait surface, les deux verres qu'elle a remplis d'un vin doux et poisseux achèvent d'endormir toute confidence. Son rire rauque, doucereux, hérisse. Il faut visiter la chambre d'enfant.

Simone n'est toujours pas enceinte, mais tout est prêt. Dans le lit, une peluche. Aux fenêtres, les seuls rideaux de la maison. *Toi, tu peux me comprendre, tu es une mère,* dit Simone.

Tu es une mère, lui a dit l'homme à la fin de l'été, en découvrant ses seins, ça lui revient à présent.

Il suffit d'une phrase pour que tout devienne lourd. À Ivan peut-être Marie aurait-elle pu se confier, maintenant qu'il est un grand poisson, ouvrant et fermant la bouche sans émettre un son, ses énormes bras collés au ventre. L'histoire de Marie se serait dévidée comme un conte. Elle aurait inventé un nom pour l'homme, un autre pour elle.

Je vais te dire maman, décide Simone. Marie fait non, de la tête, sans se l'entendre dire. Est-ce qu'elle ne s'y attendait pas ? En tout cas, elle n'est pas surprise. Simone agite ses cheveux qui puent le tabac, sa jambe nue visible un instant dans le mouvement du peignoir, et il faut croire qu'elle n'a pas rasé sous les aisselles les touffes épaisses, sombres, bouclées, pour dégager à chaque mouvement une telle impression de chaleur. *Tiens, regarde.* Dans une mallette, deux tasses miniatures avec leurs soucoupes, qu'elle dispose sur une table de poupée. *Installe-toi, petite maman.* Il y a bien un lit, un fauteuil en osier, mais ils sont minuscules. Alors elles s'assoient sur la moquette étonnamment épaisse, la main s'y enfouit, on retrouve des manières d'enfant, à être installées par terre, à travers la fenêtre on ne voit plus l'orée du bois proche, mais seulement le ciel, agité de clartés fugaces que resserrent de vastes nuages noirs. *Je vais servir le thé,* fait Simone. Elle ferme la main sur une anse invisible, fait mine de remplir les tasses, Marie refuse la sienne, *laisse un peu refroidir,* c'est toujours Simone qui parle, Marie la regarde boire. *Maman, je me suis brûlée.* En gémissant elle vient dans les bras de Marie, ouvrir la bouche et se faire consoler, et comme si de vraies larmes coulaient sur ses joues, son visage se brouille, en quelques secondes elle épaissit, les traits gonflés, bouffis, mais ça, c'est peut-être un coup de la lumière, les orages de la troposphère jouant comme des lentilles, grossissant aussi ses jambes, échappées du peignoir, sa cuisse marbrée de bleus, et Marie se demande quels noms lui donne Gaby quand ils sont seuls, de nouveau ce mot *gwap* cogne dans sa tête avec l'étrangère qu'elle a été pour elle-même, le temps d'aller faire l'amour sur la rive, ce qu'elle ne racontera à personne, finalement. *Les enfants m'attendent,* murmure-t-elle, mais au lieu de desserrer ses bras, elle caresse les cheveux de Simone, après tout, c'est une manière comme une autre de disparaître, à chaque fois qu'on lui dit *maman,* quelque chose prend le dessus. Et en même temps qu'elle fait ça, elle sait qu'elle n'osera pas s'en souvenir, qu'elle ne portera plus jamais la robe bleue.

1972

Peugeot. Un territoire qui ne cesse de s'étendre dans la ville, sur plusieurs hectares, la commune de Vesoul n'y suffit plus, des terrains ont été achetés sur Noidans, pour des hangars, des terre-pleins, des voies ferrées, une noria de wagons et de camions. On voit partout, jaunes sur fond outremer, les grosses lettres GEFCO, la filiale transport du groupe, qui font partie du paysage, comme le lion, les forêts bleuâtres, les rivières risibles en été. Il y a eu ici, au tout début du vingtième siècle, l'usine Dollé qui construisait des machines agricoles et a fermé en 1954, laissant cinq cents ouvriers sur le carreau. Indenor, filiale de Peugeot, a repris le site, modestement. Maintenant, ce sont les Automobiles Peugeot et quand on regarde la ville d'un surplomb, on ne manque pas d'être surpris par la grande surface des ateliers, parallélépipèdes aux toits à faible pente, rangés en bordure d'une voie ferrée, derrière un haut grillage. Pour entrer il faut passer par la conciergerie où deux types surveillent les allées et venues. Et puis se bousculer devant les pointeuses.

Marie embauche tous les matins à huit heures moins le quart. Elle laisse Michel à la Vieille Usine, là où sont les chaînes de peinture, les ateliers des couturières, la tôlerie. Elle, elle travaille dans les magasins de la DPR, la direction des pièces de rechange, en blouse bleue, une liasse des tickets récapitulant les commandes récupérée en arrivant auprès du chef d'équipe. Aujourd'hui, elle est dans une zone qu'elle n'aime pas, où l'on sert de grosses pièces. Du coup, elle porte des gants, des gants de Nylon blancs, qui noircissent, que la saleté traverse, la graisse des parties métalliques. Elle tire une charrette, sur laquelle est posé un grand carton, ces modèles-là les ouvriers les appellent « cercueils », dans lequel elle couche des carburateurs (trois), des pots d'échappement (deux), des batteries (quatre), c'est une grosse commande. Elle a oublié une allée, revient sur ses pas, perd quelques minutes, le Georges va regarder sa montre quand elle remettra la commande, il lui dira qu'elle traîne, qu'il ne faut pas rêvasser dans la zone, *t'as déjà bien de la chance de ne pas être en peinture.*

À l'embauche, on lui a demandé si elle savait coudre, ce à quoi elle a répondu que oui, elle sait, sans préciser qu'elle n'est pas bien habile, après tout elle en sait assez pour coudre des housses, pour tenir des cadences, et puis les filles en couture travaillent en deux-huit, comme les hommes en tôlerie, ce qui fait qu'on peut s'organiser dans un couple, l'un travaillant du matin, l'autre du soir, pour emmener les enfants à l'école, les récupérer en fin de journée. C'est la course c'est sûr, mais il y en a bien qui le font, au lieu que là elle laisse les enfants le matin chez la voisine, et elle court quand même, quoi qu'il arrive, tout le jour après les pièces, et le soir... occuper les gamins sur la table des épluchures, elle oublie toujours quelque chose, les petits pois brûlent, l'eau déborde, l'huile bouillante gicle sur sa main, elle garde plusieurs jours un gros pansement qui l'irrite sous le gant de Nylon. C'est pour ça qu'elle part, qu'elle dort debout, pense-t-elle, qu'on la trouve arrêtée, une poignée d'écrous dans la main, qu'elle sursaute quand on lui parle, comme s'il lui fallait revenir à la surface, et quand on lui demande à quoi elle pensait, elle ne sait jamais répondre, elle rougit, passe ses doigts graisseux sur ses joues, elle sort du magasin avec le visage strié de poussière, elle est la seule à se salir de cette manière.

Le Georges lui a dit qu'il la tenait à l'œil. Parce qu'elle peine à venir à bout de ses tickets, parce que plus facilement qu'une autre elle oublie un lot de rondelles, un jeu d'ampoules, une courroie trapézoïdale, une bague de soupape, un joint de carter d'huile, un doigt allumeur, une butée d'embrayage. C'est pourtant écrit en toutes lettres sur le ticket, le nom de la pièce, son numéro à six chiffres, son adresse dans la zone, il suffit de ne pas se perdre dans les pensées, de traiter les références dans l'ordre, de remplir le carton, comme le matin elle remplit leurs gamelles, à Michel et à elle, pour l'heure où ils se retrouveront au réfectoire. Une louche de bœuf miroton, une belle tranche de pain, la brève conversation, le temps de brûler une cigarette, les équipes de femmes de la DPR se lèvent déjà, toutes les têtes colorées au Régé, blond platine ou auburn. Marie comme les autres ne se souviendra bientôt plus de la nuance première de ses cheveux, maintenant ils sont d'un noir tranchant, qui n'a rien à voir avec le noir brunâtre de la poussière et de la graisse accumulées sous les ongles, ni avec le noir de la limaille de fer qui s'infiltre sous les vêtements et forme une pellicule argentée sur la peau, non c'est un noir sous lequel elle disparaît, le noir de l'oubli, le noir de l'amnésie, le noir qu'elle a choisi, sans hésiter, dans la palette des teintures.

Elles en bavent, tu sais, à la couture, lui dit Nicole. *Elles sont dures les cadences.* Elles ont embauché le même jour, Nicole Oudot, Marie Brulhard. Au bureau du personnel, ils étaient un groupe de neuf qui commençaient ce 3 février 1972. Et toutes les deux, on les a attribuées à la DPR. On a commencé par leur projeter un film, qui montrait leurs tâches à venir, comme s'il s'était agi d'une performance scientifique, comme si elles partaient pour l'espace, dans leurs blouses de coutil bleu, un peu trop grandes pour elles, taillées pour une génération à venir. Elles ont roulé les manches sur leurs poignets, en suivant la voix off, la musique légèrement martiale, une quantité phénoménale de pièces d'usine entreposées dans les hangars, des références par centaines de mille, des trains reliant les sites, des camions alimentant des concessions, l'efficacité du réseau, elles deux prenant place dans la chaîne, deux maillons de vingt-deux et vingt-trois ans, 1600 francs mensuels, en pull à col montant sous la blouse, assises bien sagement devant l'instructeur qui, le film achevé, leur a demandé si elles avaient des questions avant de les emmener sur les zones. *En A1, A2 et A3, vous traiterez les petites pièces.* Un homme en blouse, mais grise celle-là, et de Tergal. Une voix paysanne, roulant les mots, une moustache en fer à cheval, un corps épais et fort qui évoque la charrue et la masse, bien plus que les allées numérotées du hangar, les casiers chargés de menue mécanique.

Les ouvriers ici sont d'anciens paysans qui travaillent au champ le soir, font leurs coupes en hiver, chargent les chaudières de bûches de hêtre et de charme. On n'a pas encore tout à fait quitté le rythme de la terre, même si le jour on ne le voit qu'en sortant des ateliers, à l'heure de casser la croûte, et puis le soir quand on débauche. L'homme à la moustache leur présente le Georges, qui sera leur chef d'équipe. Marie

Brulhard qu'on appellera bientôt la Bleue, comprendre l'éternelle nouvelle, l'éternelle paumée. Nicole Oudot dont ni la lumière artificielle des hangars ni la blouse réglementaire et mal coupée ne peuvent oblitérer la beauté ravageuse, le goût aigu de vivre. Elles ont fait amie-amie le premier jour, comme quand on débarque à deux dans une équipe bien constituée de femmes qui ne s'en laissent pas remontrer. Et puis elles ont pris l'habitude de prendre ensemble une pause, d'acheter un café au distributeur, d'en griller une tranquillement en échangeant des banalités qui à force deviennent des confidences, le Georges finissant par débouler, l'index pointé sur la montre-bracelet, *z'avez pas vu l'heure, bordel !*

On a une vie faite de choses presque impossibles à raconter. Le corps d'un mari que l'on croit connaître et sur lequel, avant que ne retombe l'étoffe d'une chemise, on découvre une zébrure étroite, précise comme un coup de griffe ; une promenade en barque sur une masse d'eau jaunâtre qui donne des pressentiments de catastrophe ; les enfants qui apprennent à nouer leurs lacets ; les visites ultra-nerveuses de Simone, les manches de ses chemisiers rabattues jusqu'aux coudes, elle se trompe toujours, elle dit *Adèle* au lieu d'*Angèle* et quand on la reprend elle hausse les épaules, elle a un petit sourire satisfait, elle se dessine une tache de rousseur au coin de la lèvre, elle fume des gitanes maïs et quand elle peut des cohibas, une petite fortune passe dans l'achat de ses cigarillos. Tout ce qu'on vit s'accompagne d'une douleur sourde dont on ne sait pas la nature. On est avide de la vie des autres. Celle de Nicole, l'aînée. Sa rencontre avec un homme qui sait danser, cette gravité des hommes parfois quand ils vous guident, la tête un peu haute, ces bals qui tournent dans le sens inverse des aiguilles d'une montre, l'orchestre joue une milonga et Nicole apprend les pas très vite, pour rien puisque presque personne ne sait danser le tango et que les autres réclament des valses. Est-ce que Marie saurait dire pourquoi elle ne se lasse pas d'entendre le récit presque identique de ces soirées dansantes où Nicole oublie tout ? Il suffit d'une estrade où installer l'orchestre, il suffit d'une robe qui scintille, d'une conversation nonchalante. On danse avec un homme qui fume et fait des compliments, lui ne se presse pas, entre chaque phrase il prend le risque qu'on ait déjà tout oublié. On a tout le temps, il suffit d'y croire pour s'imaginer loin des zones A1, A2, A3, pour se contenter de la minute suivante, celle où l'on pose la tête contre son épaule. Il n'est pas beau. Il grave chaque phrase dans notre mémoire, avec sa voix rauque, les yeux clos du chanteur, ce parfum qu'on porte pour la première fois, les exclamations autour d'une femme qui perd connaissance. Marie a le loisir d'imaginer la suite, en avançant dans les allées, les tickets à la main, dans l'odeur de métal et de graisse, d'huile de moteur. Imaginer Nicole dans sa robe de satin à grandes fleurs qui lui moule les reins et le ventre, le bras de l'homme qui vient se mettre autour et qui emporte, n'est-ce pas un cavalier ?

Le roman de la rencontre, c'est ce qu'elles ont de plus beau à se raconter, elles ne s'en lassent pas toutes les deux. Pourtant la Bleue ne partage jamais le ginger ale, le tube de Procol Harum, le prénom Stéphane. Comme elle ne raconte jamais, à Nicole ni à personne d'autre, comment Simone arrive, un samedi où Michel fait des heures supplémentaires, et dispose à nouveau une dînette, mêlant Angèle à son jeu. *Maman,* susurre-t-elle. *Maman,* reprend la gosse. Simone a apporté des madeleines qu'elle répartit sur les assiettes miniatures. On a installé des poupées, écarté leurs épaisses gambettes en mousse avec des pieds de Celluloïd. On est assises par terre, les jambes repliées.

On demande la becquée à Marie. Elle émiette les gâteaux. Un mufle de femme, ses naseaux, sa langue, viennent dans sa main. La petite, interdite, hésite à s'enfuir. Marie voit son trouble. Il ne faudrait pas bien sûr accepter ces gamineries. L'obscénité d'une femme de vingt-sept ans qui vous demande de jouer à la maman et la poupée, qui paraît sur le point de partir dans les pommes, les yeux blancs, la bouche molle. Il faudrait casser cette intimité étouffante, qui est comme une chambre d'asile. Mais ce n'est peut-être qu'un bord d'une même folie : la main d'Ivan qui pend du matelas, la main de Simone qui glisse sur le carrelage quand Marie la traîne jusqu'à la salle de bains, lui tapotant le visage d'eau froide dans l'espoir de la ranimer, et ça dure plusieurs minutes, Angèle figée sur le seuil. Elle finit par la pousser dehors, un peu paniquée. *Va, va ranger tes jouets, et ne fais pas de bruit, ne réveille pas ton frère.* La tête de Simone roule sur son épaule, comme si on l'avait droguée, aussi lourde qu'Ivan quand il faut l'aider à sortir du lit. *Arrête ta comédie,* s'exclame Marie. Mais Simone ne réagit pas, alors elle la prend par ses vêtements et la secoue de toutes ses forces, si brutalement que sa tête cogne sur la baignoire, avec un son qui fait mal, qui fait croire à Marie qu'elle l'a tuée. Simone finit par rouvrir les yeux, hébétée. Dans la pièce voisine Angèle chantonne, plaquée à une vitre, guettant au-dehors son père qui doit rentrer. Après, Marie essaye de ne plus y penser. Elle se dit, *c'est Simone, elle est malade.* Ça n'est pas plus explicable que la transformation d'Ivan en un énorme poupon. Ça n'est pas plus racontable.

Le souvenir s'enfouit, comme les pansements dans l'épaisseur des petites pièces de la zone A1, là où on plonge les doigts comme dans un sac de grains, mais c'est inerte et froid, la main revient visqueuse, avec des reflets verdâtres. Des menues cicatrices, on ne voit plus rien. Mais de soi, à la DPR, que peut-il rester ? Marie flotte dans les allées, d'un pas spectral, s'étonnant que le ciment ne se creuse, usé par la répétition des passages, les ouvrières venant sans fin reprendre dans des caisses identiques les mêmes pièces, et les seuls bruits qu'on perçoit sont le grincement des armatures d'acier, le roulement des écrous les uns sur les autres, le piétinement lointain d'une autre qui se hâte pour éplucher plus vite sa liasse de tickets et prolonger sa pause. Pour voir, il faut s'habituer à la lumière parcimonieuse, au halo froid des quelques néons. Quand on croise quelqu'une, on lui dit un mot, on s'arrête un instant, on parle à voix basse, pourtant personne ne dort, enfoui sous les casiers. Tout s'agite lorsque surviennent les caristes, lancés dans les allées au maximum de la puissance de leurs Fenwick, les fourches de leurs machines fendant l'air. Après leur passage l'atelier retombe dans la léthargie et les émanations de gazole.

Les femmes vont à pied, les hommes sur des chariots élévateurs. Le Georges s'époumone pareillement après les unes, les autres, vainement, et ça finira par se savoir, se mesurer en performance négative, l'inertie de cette zone, le Georges sera muté. Du côté des distributeurs de boissons, les femmes retrouvent des couleurs, leurs peaux paraissent moins grises, des blouses dépassent des imprimés colorés, elles se gaussent des hommes descendus des Fenwick et qui restent entre eux, un seul à l'écart, c'est un nouveau, et en plus un Algérien. *Il s'appelle Nordine,* fait Nicole. *Comment tu le sais ?* Nicole fait des mines de cachottière. *Nordine Ziane.* Elle détache toutes les lettres, elle les fait siffler sur ses lèvres, elle les tend comme un fil de soie, zzzziiiiiiaaaaaaaane, ça dit l'espace à franchir, la Méditerranée. Marie songe soudain que ce Nordine a dû prendre un bateau comme Ivan. Non, pas comme Ivan, se ravise-t-elle, pas un navire de guerre sur lequel on s'entasse en petits groupes d'appelés, pour quatre cent deux miles marins qui séparent encore de tout ce qu'on redoute sans avoir la force de l'imaginer. Pas un bâtiment de la Marine nationale, non. Un bateau où on fait foule mais sans uniforme, dans des costumes dépareillés, et ce qu'on laisse on essaie de ne pas trop y penser, alors on attend le plus possible pour jeter un regard en arrière et c'est trop tard, l'Algérie n'est plus qu'une ligne ocre qui partage le ciel et la mer. *Nordine Ziane,* souffle-t-elle à son tour. Il a le même âge qu'elles, à peu près, mais d'immenses yeux noirs, des puits de magnésie, et jamais il ne vous dévisage sans vous sourire, comme s'il vous mangeait déjà. En bleu comme les autres, mais ça ne suffit pas à effacer sa peau sombre, tout ce qu'il a d'étranger et qui se rappelle sans cesse, depuis sa manière de parler le français jusqu'à sa fiche de paie, puisque les immigrés n'ont pas le même salaire. Quand Nicole et Marie passent devant la porte du vestiaire des hommes, qui s'ouvre et sans cesse se referme, elles tentent un regard, elles essaient de deviner un corps plus doré, elles ne pensent plus qu'à ça, Nicole, Marie, les autres aussi, même Gina qui quand elle le voit arriver annonce à la cantonade, *tiens, le voilà, le beau Nordine,* assez fort pour qu'il entende et se sente plus maladroit, voilà qu'il s'empêtre en grimpant sur le Fenwick, *je lui ferais bien goûter d'un fruit, tiens,* toutes elles rient sauf Nicole qui s'enfonce déjà dans une allée, sa poignée de tickets à la main. Et au moment où elle va la suivre Marie sent une main qui tire sur sa blouse, Gina se penche vers elle et lui glisse à voix plus basse, *dis donc la Bleue, elle a l'air drôlement mordue ta copine, elle est quand même pas entichée d'un bicot ?*

Tous les pas additionnés au bout du compte font des milliers. Marie pourrait énoncer ça à la manière d'un problème mathématique, le nombre d'allées, leur métrage, le nombre de navettes, leur fréquence, la probabilité de croiser quelqu'un, de se faire renverser par un cariste, de partir à l'infirmerie, le nombre de casiers, ceux qu'on relève plusieurs fois par jour, ceux qui n'ont pas été visités depuis des mois, comme par un fait exprès logés dans l'angle le plus sombre, il faut avancer la main à l'aveuglette, tâtonner, qui sait s'il n'y a pas un rat là-dedans. Au lieu de rapporter la pièce voilà qu'on tient une bouteille, mais pas de la limonade, un alcool distillé à la maison, que quelqu'un a caché là et vient téter en douce. Par facétie on couche la bouteille dans un autre casier, pas trop loin quand même. On rit toute seule de la peine que l'autre mettra à la trouver, on croit l'entendre, d'une rage clandestine, pendant plusieurs jours on tâche de s'approcher régulièrement de cette adresse, mais c'est en vain, on ne surprend personne, la bouteille on ne sait même plus où on l'a planquée, on repart en traînant des pieds, à l'accoutumée.

À la pause, elles sortent se dorer au soleil, cinq minutes. *Je l'ai vu hier,* fait Nicole. Hier c'était dimanche. *Je l'ai croisé rue d'Alsace-Lorraine.* En pantalon et chemise blanche, boutonnée jusqu'en haut, c'est comme ça, ils ne sont jamais débraillés les Algériens. Ils tournoient en ville par petits groupes d'hommes célibataires, un paquet de gris dans la poche, tirés à quatre épingles. Ils passent devant les cafés, sans entrer, ils traversent les jardins, sans s'asseoir, ils ont leurs propres espaces, dans la ville, où l'on ne va pas, si l'on est d'ici. Nordine Ziane, cheveux crantés, cravate, arrêté en pleine rue par Nicole Oudot, un gros bouquet dans les bras et les cheveux déversés sur l'épaule, elle ne les rattachera que le lendemain, en arrivant au vestiaire. Déchirant sa botte de fleurs elle en détache un œillet qu'elle lui accroche à la boutonnière, ce pourquoi il faut effleurer, la percale, dégager, un bouton, passer, la tige. Un peu de rouge sur cette chemise empesée, la fleur encore vivante, charnue, on veut y presser la bouche, connaître. Trois hommes en retrait, qui attendent leur camarade, en piétinant d'ennui, ce dimanche accablant de début juin, la chaleur venue trop vite, l'effroi d'en perdre ne serait-ce qu'une miette et de retourner à l'atelier en manquant de ce soleil, de cette langueur, de cet étirement de chaque instant. Il lui présente. Abdel. Mouloud. Lounes. On se serre la main. Deux sont en peinture. Le troisième, cariste à la Vieille Usine. On se reconnaîtra demain si on se croise. On échangera un rapide salut. *Bon, ben, faut que j'y aille.* Nicole s'attarde encore, néanmoins, à chaque éclat de lumière qui tombe sur son visage, elle répond par un mouvement d'offrande, le même qu'elle a, appuyée au mur de la zone A1, pour se rappeler à l'été naissant. *Je crois pas qu'il sorte de la ville, jamais. Pas de voiture, et puis où est-ce qu'il irait ?* Elle trie les graviers, les blancs d'un côté, les gris d'un autre, quelques éclats de verre. *Il a personne.* Elle se penche vers Marie, montre sa cigarette, *donne-m'en un peu, tu veux bien ? j'ai pas eu assez.*

Revenir dans le hangar, c'est comme fermer les yeux et avancer en aveugle, dans une ombre étouffante. À peine ont-elles repris leurs chariots et bifurqué chacune vers une allée que le chef d'équipe déboule et vient attraper Marie, d'une voix congestionnée, le ventre tressautant sous la blouse et la sueur coulant dans les plis du cou. Il la traîne à sa suite, lui courant à petits pas, elle poussant son chariot, les tickets éparpillés au poing, calculant qu'il lui restera au moins trois commandes à servir quand se déclenchera la sirène qui sonne l'heure de débaucher. Dans le bureau du chef les attend Waillant, qui supervise tout, ancien légionnaire dont on redoute le sourire coriace, les remontrances. On a de nouveau procédé à un sondage, dans une commande préparée par Marie. Un carton pour une concession d'Abidjan. Là où il devait y avoir deux, il y avait trois. Et là où on attendait cinq, il n'y avait rien. Deux erreurs sur dix-sept références. *Deux erreurs, madame Brulhard,* répète le Georges après Waillant, en brandissant le ticket raturé. *Vendu,* pense-t-elle, les mains nouées à la liasse qui lui reste. Ça ne traîne pas. Elle est mutée au conditionnement sur-le-champ. Un déclassement. Les filles qui servent, au moins elles bougent. Elles voient du pays.

Le chef d'équipe l'attend, pendant qu'elle rassemble ses affaires, qu'elle vide son casier dans le vestiaire, c'est pas grand-chose, son sac à main, un gros pull pour les jours froids, qui l'encombre aujourd'hui, qu'elle passe d'un bras sur l'autre, en s'éloignant de la zone à la suite du Georges, n'ayant vu personne de l'équipe. Nicole va se demander où elle est partie, si elle ne s'est pas rencognée pour toujours entre deux caisses 1/4, des caisses qui font à peu près la taille d'une femme roulée en boule, que l'on pourrait remplir de soi et oublier. Le Georges ne lui donne plus du *madame Brulhard.* Quand il se retourne pour la houspiller, c'est d'un *grouille-toi donc la Bleue !* Ils arrivent enfin devant les tables. Une vingtaine de femmes travaillent et pourtant ça ne parle pas. Une grosse pendule suspendue, les aiguilles marquent trois heures douze. Un autre cadre se pointe, qui n'est pas prévenu. Conciliabule. Le chef ici s'appelle Vanderkam. Il lui montre le travail. Vingt écrous par enveloppe plastifiée. Un coup de fer pour souder l'ouverture. Et c'est tout. *Tu sais compter jusqu'à vingt ?* Il plaisante. Les deux chefs gagnent le bureau vitré. Là-dedans ils peuvent parler sans qu'on les entende. Une deuxième fois,

Marie lève la tête vers la pendule. Elle commence à compter, vingt écrous, vingt sachets, vingt minutes, vingt heures pour finir la semaine, vingt jours pour que vienne l'été, vingt secondes pour monter au quatrième étage, vingt kilomètres pour atteindre la rivière, c'est la destination du dimanche, on ira à la pêche, on mangera au bord de l'eau, Angèle dira que la rivière sent mauvais, la rivière simplement sent le poisson. Si elle s'appelle l'Ognon, c'est par comique involontaire. Elle sent le poisson sur toute sa surface, et les berges de gravier, les arbres alentour, vivants ou morts, les lourdes portes enfouies dans l'eau sur des glissières métalliques et qu'on relève une fois l'an pour purger les bassins, tout sent le poisson. Marie qui retire la peau pelée de ses bras ne ramène rien d'autre qu'un amas d'écailles, tout léger sur sa paume. Ils sont venus à la rivière, comme souvent cette année, parce que Michel a pris un permis de pêcher et qu'il aime ce coin, entre Rigney et Cirey, à proximité d'un barrage. En haut les eaux laquées, d'un vert opaque, piquées de joncs. En bas un bouillonnement, les rochers glissants, les pierres qui basculent quand on y ose le pied. Entre les deux, le plan oblique du barrage que Michel remonte en cuissardes. Les enfants jouent à retirer des cailloux de la rivière, se mettant à deux pour soulever leur petit seau trop lourd. Michel range une perche dans la bourriche. D'autres poissons se serrent au fond. De leur passage par des mains humaines, ils ont connu l'asphyxie. La frayeur des truites, sans y songer Marie plonge une main dans le panier, retient son bras de tressauter au contact des peaux froides, elle flatte leur dos, sa main revient avec une odeur glacée, elle la tient loin d'elle, elle la met à sécher au soleil.

Longtemps elle a refusé la chair des carpes et des brochets, pochée dans des courts-bouillons, les goujons qu'on immerge dans l'huile bouillante. Maintenant elle a pris l'habitude de faire frire les truites, couchées entières sur la poêle, de se faire dorer en maillot, au bord de la rivière, de poser sa tête noire sur l'oreiller crissant des herbes hautes, où s'enfouissent les grenouilles et les limaces. Pendant ces bains de soleil, les enfants amassent des butins auxquels il faudra renoncer au soir, sauf une fois un pendentif qu'ils ont avec précaution extrait d'une fissure, un cœur doré marqué *M*. Marie le porte, enroulé à son poignet. Lorsqu'elle a oublié de le défaire avant de s'endormir, elle se réveille avec une empreinte persistante sur le bras, ça finit en petites cloques suintantes, à croire que ce cœur-là a trempé dans du venin. Pendant plusieurs jours Marie se tamponne d'eau oxygénée, à l'usine elle applique dessus du Mercurochrome, elle ne compte plus les écorchures, les menues blessures, dans son casier elle a du coton, un gros rouleau de pansement et des ciseaux pointus. *T'en fais une belle d'infirmière,* commente le chef en examinant la bande Velpeau qu'elle a nouée autour de son poignet. À son air dubitatif elle voit bien qu'il pense que c'est du chiqué tout ça. Le lendemain elle s'est rouvert au pouce une blessure ancienne et se présente avec une poupée qui la gêne pour ramasser les pièces. *Eh ben nous voilà beaux,* soupire Vanderkam qui en perd son vocabulaire. Dégoûté il finit par l'envoyer porter une enveloppe au magasin W. *Et ne te perds pas en route !* Elle traverse toutes les zones, sans croiser personne, l'usine c'est comme une forêt dont les oiseaux se seraient enfuis, et tous les animaux. Le bureau où elle entre est vide. Elle attend un moment sans oser s'asseoir ni s'appuyer, bien droite, convenable. Un tas de trombones, des piles de bordereaux, un calendrier au mur. Un philodendron à demi-crevé rampe sur une étagère. Le contremaître finit par se pointer. *En main propre,* bredouille-t-elle pour prévenir la réprimande. Elle sursaute à la vue de sa main mutilée, des trois doigts disjoints qu'il replie comme une pince. Quand elle reprend sa table au conditionnement, le chef lève la tête vers l'horloge sans commenter.

Un petit cœur marqué de son initiale, *M* comme Maman, *M* comme Marie, *M* comme Michel aussi, mais ça elle n'y a pas pensé toute seule, ce sont les femmes de l'équipe qui ont vu un cœur d'amoureuse, serti de minuscules brillants. Marie n'a pas démenti, crânement elle a répété *M comme Michel.* In extremis, le soir elle l'a répété pour Angèle qui traçait des lettres sur une feuille à grands carreaux, un prénom qui revenait de loin, en somme, un prénom qu'un autre avait recouvert, déjà, elle a fait attention à ne pas fourcher, *M* comme Stéphane, ou même *M* comme Nordine, Dieu sait quels sentiments on pourrait laisser échapper, par mégarde, que le clapotis de l'eau ne parviendrait pas à occulter, alors on s'efforce de ne pas rêver tout haut, hypnotisée par le ramage de la rivière et les voix alternées des enfants qui commentent tout ce qu'ils font.

Maman, regarde ce qu'on a trouvé. Marie a arraché de grandes feuilles de maïs, une litière où déposer les trésors. Une libellule morte. Un trèfle à quatre feuilles. Une poignée de cailloux réguliers, pâles, préfigurant le sable. Chaussés de sandales en plastique, les enfants mesurent leur territoire à la hauteur de l'eau (cheville), à celle de l'herbe (genou), au regard que leur mère peut poser sur eux, à tout instant. Quand l'un passe à sa portée, Marie le serre contre elle, presse les lèvres sur la nuque tiède, les cheveux très fins, la boucle unique sur l'occiput, adorée. Au bout de la ligne une perche se débat sur la ligne d'eau. L'enfant au bras de sa mère s'abandonne. À l'air lourd, épais de sucs, on sent l'après-midi virer à l'orage. Des taons vous dévorent. On s'endort à la fin, sur la couverture où les enfants font la sieste, étourdie de moiteur.

L'arrivée de Nicole et Nordine pendant que Marie dort se déroule comme un rêve. Le rouge domine cet agencement onirique. Rouge de la robe de Nicole écartant le rideau des maïs. Rouge du panier de cerises, des ongles assortis. Rouge de la bouche peinte telle une fleur artificielle. Et si on repousse la robe, les ongles, la bouche fausse, si on fait abstraction du rouge, des plis de viscose, des cerises suspendues aux oreilles, on verra survenir un homme aux cheveux crantés dont l'odeur de tabac domine celle de la rivière. La tête alourdie de parfums, on entend, et on croit que c'est en songe, Nicole qui regrette de n'avoir pris son maillot et barbote dans des trous d'eau peu profonde, la robe relevée jusqu'aux cuisses. Nordine tend d'une main son paquet de gitanes à Michel, de l'autre présente un briquet. Flamme, fumée, tête qui se renverse, sourires échangés. Et si l'on oublie le pêcheur, le short de toile, la canne en bambou, les plombs qui sifflent, la trajectoire des fils, il reste un homme en espadrilles et pantalon noir, appuyé à un saule, avec sur le poignet la marque claire qu'a laissée un bracelet de montre, et sa bouche on la connaît, elle est brune, et sa peau on ne l'a pas touchée, elle est acajou, et ses yeux on ne sait pas ce qu'ils sont, parfois sable aurifère, parfois paillettes d'ébène, parfois absents telle une paroi de verre. Lui n'ira pas dans l'eau. Il ne la touchera même pas. Il la regardera de loin ouvrir ses ventres et les refermer, poissonneux, inquiétants, innombrables. Les cheveux qui frisent sur la nuque, une chemise sombre aux manches roulées jusqu'aux coudes, une main sans anneau encore.

Quand Nicole lui a proposé le mariage, il s'est raidi légèrement, comme si sans prévenir elle glissait une autre fleur à sa boutonnière, comme si elle lui demandait de parler de lui, comme si, après l'amour, elle posait des questions, *tu avais quelqu'un, là-bas ? une amoureuse en Algérie ? une femme à qui tu aurais fait une promesse ? tu m'aimes, Nordine ?* Au lieu de répondre, il se penche vers elle et lui prenant le menton il l'oblige à fermer la bouche, si coléreux qu'elle s'écorche les lèvres. Mais il lui fait manger des dattes qu'il pose directement sur sa langue, parfois il les mâche pour elle, et c'est avec sa salive du sucre qu'il répand dans sa bouche, dans l'épaisseur du fruit elle trouve l'amertume du tabac. Il lui prend les cheveux dans sa main et longtemps il la fait aller et venir, l'arrêtant parfois d'un mot, se reprenant, la reprenant, ça dure, ils ne sont pas entièrement nus, il aime la caresser à travers le tissu, l'obscénité d'un pantalon ouvert, les bretelles d'un vêtement de femme, les deux qui s'aiment et se froissent. Elle a de très beaux yeux. Il ne veut pas qu'elle les ferme. Même là, au bord de la rivière, alors qu'il tombe tant de lumière, il lui retire ses lunettes de soleil, elle cligne des paupières, dans l'entre-deux, c'est gris, argent, étain, *nuit de pleine lune,* dit-il.

Avec Nicole, il passe des frontières. Il entre dans les fermes de vieux villages, aux greniers imaginés pour nourrir plusieurs générations. Des femmes chenues qui lui rappellent sa propre mère, austères, parcimonieuses, apportent sur la table des sucres pour la goutte, et lui qui ne boit pas d'alcool les regarde s'imbiber de mirabelle et fondre sur les langues tendues, dans l'accalmie d'une fin de repas. Le père de Nicole bouche religieusement la bouteille. Les fruits distillés ont produit au-delà de la transparence une eau qui trempe ensemble le noyau de l'été, les plus profonds souvenirs. Le lendemain, en amoureux,

Nordine et Nicole vont à la kermesse. Sûrement, on cause, dans leur dos. On n'aime pas trop les Arabes ici. Mais celui-là, il faut reconnaître qu'il est dur à la tâche. Et puis, il est impeccable dans son pantalon de toile, sa chemise blanche. *La Nicole, de toute façon, elle en a jamais fait qu'à sa tête, hein ?* On hausse les épaules, on chuchote, on rit. On les observe de loin. On s'habitue. Des footballeurs en chaussettes de laine s'affrontent dans des prés nettoyés de leurs bouses. Des garçons muent. Les bandes qui sillonnent le village ont des voix haut perchées qui s'effondrent, remontent, adolescentes. *Mais y z'en font un raffut ces jacasseurs,* protestent de plus vieux. Deux sortent du lot et embrassent Nicole. Plus tard ils reviendront demander à Nordine s'il a des cigarettes. Plus grands que lui, de belles brindilles d'hommes, des boutons plein le front, ils lui glissent entre deux taffes, *l'ami, t'as la plus belle,* et lui prenant l'épaule, le mènent devant l'estrade où Nicole remet un trophée. Tout le monde applaudit, même Nordine, plus lentement, les doigts pris par les gitanes. Il commence à pleuvoir, de grosses gouttes espacées tambourinent sur les feuillages, tous les quatre vont s'abriter sous un auvent. On parle de ceux qui partiront avant l'été faire leur service militaire, la chance qu'on a d'avoir dix-huit ans en 1972. *Est-ce que t'as des frères ?* finit-on par lui demander. Il devine qu'un des leurs est tombé en Algérie. Lui ne parle pas de ses morts en français. Mort, en kabyle, c'est *lmut*. Il ne dit pas *Areski yemmut.* Il n'entre pas dans la litanie des noms. Ce sont des choses qu'on évoque entre soi, avec les quelques d'Oran et de Kabylie qui travaillent à l'usine. Les frères dont on n'a pas fermé les yeux, les frères dont on n'a pas tenu la main, les frères reviennent d'entre les morts, on s'interrompt, on écoute la pluie dans les arbres, vidé d'oiseaux le ciel repose. Les garçons finissent par prendre congé mais on se reverra. On chargera ensemble des bottes de paille sur une remorque. Le vieux père posera sa main bleue, aux veines saillantes, sur l'épaule de Nordine. *Fils*, dira-t-il, *tu en as abattu du travail aujourd'hui.* Ils se retourneront sur le champ de chaumes. L'ancien montrera, dépassant d'un repli de terre, les oreilles d'un lièvre. *Celui-là. Cet hiver. Pan !* À la ferme, on prêtera un rechange à Nordine. On servira une omelette, une salade de haricots verts. On mâchera des oignons frais. Un grillon dans une boîte d'allumettes, une lampe à pétrole, des papillons butant sur la lumière. Les garçons s'essaieront à des chants d'enfance, mélancoliques. *Ce sont des hommes, maintenant,* constatera la vieille mère. Un été aura suffi.

Au bord de la rivière, Michel s'est lassé de ramener des prises, il a rangé sa canne sur la berge de graviers. Au garçon qui se réveille, en nage, les cheveux collés aux joues, on dit de ne pas pleurer, de ne pas réveiller sa mère, on offre des cœurs-de-pigeon dont il ne veut pas. Angèle s'est assise sur les genoux de Nordine. Elle soupire en se renversant sur son bras. Le regarde à travers ses cils. Lui, il ne faut pas le quitter des yeux, il est trop beau, sa beauté l'emporte, loin. Pour Angèle il chante tout bas. La chanson de Nordine, les exclamations de Nicole, la voix plus lointaine de Michel, les reniflements de Raoul, toute la scène s'associe quand Marie ouvre les yeux. *Ton enfant te réclamait.* Elle se trouble de découvrir Nordine si près d'elle. Elle rougit du désordre de son cœur, de la salive qui a coulé de sa bouche entrouverte, du maillot deux-pièces dans lequel elle s'expose au soleil. Heureusement, Raoul vient tout de suite dans ses bras et contre lui elle peut se cacher.

À vrai dire, le bonheur, c'est pas grand-chose. La rivière où Nicole joue encore, et tant pis pour le bas trempé de sa robe. Le ciel contre lequel Michel évolue, tout en haut du barrage.

L'été qui est pour toujours la saison préférée. Marie a beau avoir passé une partie de la nuit à se disputer avec Michel, peut-être parce qu'ils avaient trop bu, peut-être parce qu'ils ne savent plus faire autre chose, tous les deux, elle est capable de tout accepter en cet instant, même ses faux cheveux noirs, même la peau cloquée de son dos, même la fillette qui la snobe et réclamera ce soir de se vernir les ongles. Elle descend à la rivière. L'eau sur ses doigts c'est pour rafraîchir son visage. Elle presse sa paume humide sur la tête de Raoul. Le galopin court déjà sur la rive, à la poursuite de ce papillon qu'on appelle gazé. Nicole offre des poignées de cerises. Dans un grand affolement des étourneaux volent d'arbre en arbre. Michel remonte la bourriche pour exposer sa bonne fortune, les poissons se tordent, les criblant d'éclaboussures. Marie finit par grimper avec Nicole jusqu'à la retenue d'eau et fait ricocher des cailloux plats sur la surface, deux, trois, quatre rebonds, elle est habile à ce jeu. En se retournant elle voit que Nordine les a suivies, il actionne son briquet, et puisqu'elle est heureuse, puisqu'elle est amoureuse, après tout, elle vient sur lui en deux, trois, quatre enjambées, elle lui ôte la cigarette de la bouche, ça passe en elle, un peu de salive, un peu de Nordine, avec de la fumée, en riant. Et tant pis si Nicole fait un peu la gueule, après.

1973

Lip, ça lui paraissait loin, à Marie. Loin du Montmarin et des usines Peugeot. Loin des ateliers de conditionnement, des pièces que l'on compte à longueur de journée, auxquelles s'ajoutent les listes que l'on tient chez soi de toutes les dépenses, et même en faisant attention, on a parfois du mal à boucler ses fins de mois. Lip, les tracts des syndicats n'en parlaient même pas, au début. Parce que des dépôts de bilan, il y en a, tant et plus. Parce que l'on est dans son monde, celui de la métallurgie, alors les horlogers… Et puis le conflit a pris des proportions telles que les Lip se sont retrouvés à la une des journaux, qu'on en a parlé à la radio, au journal télévisé. Leur grève est devenue une affaire d'État. Mais se trouver à Palente, dans l'usine occupée, dans ce tempo joyeux et anxieux des mots d'ordre, des collectifs, des débats, elle n'imaginait pas ça, Marie. Des yeux elle accroche Delphine, elle voudrait la couper dans ses élans, lui dire *je peux pas rester*, parce qu'elle ne pensait pas entrer dans l'usine, quand Delphine lui a proposé de l'accompagner. Non. Marie, ce qui l'amusait, c'était de retourner à Palente, où elles étaient au lycée, toutes les deux, voilà six ans. Avoir une après-midi insouciante, sans mômes. Retomber en adolescence.

Angèle insérait inlassablement dans le mange-disque un 45 tours d'Henri Salvador, écoutait en boucle *Le Lion est mort ce soir*, mâchonnait des tiges de rhubarbe. Raoul sombrait dans une sieste hâtée par la chaleur. Marie avait lâché la maison d'enfance pour se glisser dans le jardin des Démoly et Delphine était là, finissant de débarrasser la table, émettant aussitôt l'idée de profiter de la 4L de Marie pour faire un saut jusqu'à Palente. Sans hésiter Marie avait dit oui, laissant ses enfants à la garde de Louise, prenant la direction de Besançon avec Delphine, comme la fois où elles étaient allées jusqu'à la Rhodiacéta, sauf qu'aujourd'hui elles sont en voiture, il fait chaud, on roule les vitres baissées, on fredonne les mêmes chansons de Nino Ferrer, folâtre, légère dans une robe à pois, comme si on était sur un manège, dans ces modèles réduits qui tournent au soleil et ont des couleurs de glace à la fraise, de menthe à l'eau. On est trop occupée à manger toute cette lumière, toute cette chlorophylle pour écouter Delphine, d'ailleurs on sait déjà tout ça. Comment l'entreprise a déposé le bilan le 17 avril. Comment le 10 juin, les Lip ont décidé d'occuper l'usine. Et le 12 juin, découvrant que la direction se préparait en douce à *dégager* quatre cent quatre-vingts ouvriers, ils ont commencé par séquestrer l'administrateur avant de s'emparer d'un stock de vingt-cinq mille montres, aussitôt réparties dans un nombre indéterminé de caches, jusque dans le Haut-Doubs et aux confins des Vosges, chez des curés qui distillent en douce, la nuit, et ne se font pas prier pour accepter des dépôts clandestins. Le 18 juin ils ont remis en marche les chaînes pour produire à leur compte, accrochant une banderole devant la fabrique : *c'est possible, on fabrique, on vend, on se paie*. Les journalistes sont venus, les gauchistes, les renseignements généraux, les représentants des fédérations et ceux du PSU. Des milliers de manifestants ont fait un cortège dans Besançon.

Quand Marie gare la voiture, à demi sur un trottoir, à demi sur une pâture, puisque le quartier de Palente finit avec Lip et qu'après s'ouvre la campagne, c'est encore une atmosphère foraine, avec les gens qui affluent vers la fabrique, en vêtements acidulés. D'ailleurs on peine à stationner. Il y a même des autobus avec des plaques d'immatriculation belges, italiennes. Marie lève la tête vers la montre géante qui chronomètre depuis le toit de l'usine le temps de l'occupation, qui doit dépasser le million de secondes en ce 23 juin, et il y a peut-être une caméra pour suivre son pas hésitant, entre la prairie et le bitume, puisqu'on filme chez Lip, on vient de loin pour fixer les images de cette lutte ouvrière, comme on fait quatre cents, cinq cents kilomètres pour acheter une montre. Marie, à deux pas de Delphine, ça lui fait drôle de traverser la route, d'entrer librement dans l'usine, *Lip vous garantit l'heure exacte, au troisième top il sera exactement 15 h 24*, de passer la grille qui n'est pas fermée. Delphine connaît du monde, après tout elle travaille chez Kelton, dans ce même monde horloger. Elle tape la bise, d'un côté, de l'autre, elle dit, *c'est ma copine Marie*. Les hommes se baladent en chemise, par les encolures déboutonnées on devine les corps, la sueur plaque le tissu sur le dos de ces types, si nombreux, les ouvriers qui sont ici nuit et jour, les militants venus des grandes villes pour soutenir le mouvement, des mecs qui se réclament de la Gauche prolétarienne et qu'on laisse causer. C'est qu'on est ivres de parole.

C'est qu'on n'a jamais autant parlé dans une usine, croit-on. En assemblées générales, en commissions, en petits groupes qui veillent tard, dorment à peine, ne rentrent même plus chez eux, l'usine devenant l'endroit où l'on vit, dans l'intensité de la lutte et l'angoisse de voir débouler les CRS. On y croit, à toute force. L'autogestion. La montre à quartz. L'emploi préservé. Avant les gardes mobiles. Avant la confiscation. Avant la marche des cent mille sur Besançon. Avant que Messmer, Premier ministre, claironne *Lip, c'est fini !*

Delphine et Marie traversent un couloir où sont affichés des dessins. *Notre potion magique c'est l'unité,* lit Marie au passage. Déjà, elle voudrait ralentir, rebrousser chemin, elle est trop chamboulée. Ça ne cadre pas avec sa vie d'usine à elle, ces paies sauvages, ces assemblées sauvages, ce travail sauvage. Mais Delphine va au-devant d'un groupe, ouvrant les bras. *Elle bosse chez Peugeot-Vesoul,* précise-t-elle en lui prenant l'épaule, alors elle rougit, Marie, elle qui est agent de magasin, AMT2, coefficient 145, quand les ouvriers d'ici ont un métier dans les mains, avec la fierté qui va avec. *On a besoin de soutien,* lui glisse une femme. Marie remarque sa robe tout en marguerites et puis, pour s'enfuir, elle fait quelques pas vers la buvette, et sous les arbres elle se sent mieux, il y a de nouveau quelque chose à respirer, même si ce n'est pas un champ, pas un jardin. Un espace vert, dans une fabrique de montres.

Est-ce qu'on sait ce qu'on deviendra plus tard, quand les usines fermeront les unes après les autres, quand on vivra de contrats précaires, perdant progressivement tout ce qu'on tente de gagner aujourd'hui, en cette année 1973 qui va s'achever sur le premier choc pétrolier ? On s'installe à une table, on feuillette le journal *Lip-Unité,* on observe de loin Delphine. Il est presque impossible de ne pas la regarder. Dans son pantalon violet, si sûre d'elle, elle parle. On n'a jamais ouvert la bouche, de la sorte, dans un groupe mêlé de femmes et d'hommes. On est timide. On apprend pourtant à exister, à sa manière – pas comme Delphine qui peut agiter une bannière rouge et crier *Lip combat pour tous les travailleurs.* Sûrement celle qu'on est en cet instant, dans l'usine occupée, on aura du mal à la rattacher, plus tard, à la femme qui borde ses enfants et retarde le moment de retrouver son mari, avec des mouvements hachés et ce pli maussade qui court des lèvres jusqu'au ventre, avec ces deux mots qui précèdent toujours tout, *pas maintenant,* qui construisent peu à peu une raideur qu'on ne lâche qu'à intervalles toujours plus lointains, comme maintenant, dans ce mouvement des feuillages, un frou-frou où l'on se sent neuve, comme si l'on pouvait soudain décider de son destin. Et déjà on se demande comment on reviendra à l'usine, dès lundi, conditionner des baguettes d'essuie-glaces, après avoir passé ce samedi après-midi, même si on se tient en retrait, allumant une cigarette pour se donner une contenance, fermant les paupières parce que le vent ramène la fumée sur les yeux.

T'es syndiquée Delphine ? demande Marie lorsqu'elles sont de nouveau ensemble. *Penses-tu !,* répond Delphine. *Tu sais, ce qui se passe ici échappe aux syndicats,* ajoute-t-elle, aussitôt, avec un sourire qui déborde de son visage triangulaire, auquel il est presque impossible de ne pas répondre. De nouveau on vient, un groupe autour d'elles, la femme tout en marguerites, une fille très jeune, habillée d'indienne rouge, elle se présente, *Barbara,* mais Barbara, ça n'est pas un prénom, c'est une histoire qu'on se raconte, se dit Marie. Barbara, c'est sûrement une Valérie ou une Christine. On est en nombre à présent, on pourrait se prendre la main et former une ronde, comme fait peut-être Ivan à cet instant dans son hôpital où les salles très anciennes accueillent désormais une nouvelle psychiatrie, moins médicamenteuse, avec des ateliers de théâtre et de danse. Ainsi Ivan réapprendra-t-il à marcher, à Saint-Rémy, dans ce château de courants d'air, tandis que les portes s'ouvrent et se ferment seules, parce que le jeu des huisseries usées, parce que le sauvage… non, on n'a jamais formulé ce que l'on ressent lorsque l'on traverse le bâtiment, pour une simple visite, et que le vent s'insinue avec nous, poussant devant nos pas une plume agaçante, à moins que ça ne soit une feuille déjà rousse, et lorsque l'on tourne la tête on est sûre d'apercevoir un visage collé à la vitre, ou bien tout un arbre que le vent agite et dont les branches frottent avec insistance, shrrr, shrrr. Tout au bout du couloir il y a la salle où Ivan ne nous attend pas, nous voir lui donne un air soucieux, alors on lui prend la main, on lui demande comment il va, mais il faudrait quitter ces espaces trop vastes pour obtenir le début d'une réponse, rompre avec tout ce que ce lieu a de trop sonore, et au bout de dix pas Ivan commencerait à se plaindre et à geindre, à se retenir aux portes, ça fait presque trois ans qu'il n'a pas quitté l'hôpital, pas même une heure, pas un instant, trois ans qu'il n'en bouge plus et le voilà sur le point de se mettre à danser. Et la voilà, Marie, dans une usine occupée par des mères de famille qui font du tricot, qui s'endimanchent pour défiler, histoire qu'on ne les prenne pas pour des camps volants dans ce ramassis de prêtres ouvriers qui boufferaient du CRS, d'hurluberlus qui se croient à Woodstock. Elle sourit, un peu crispée, elle tend la main, les doigts rouges, pour saluer ceux qui arrivent, qu'on ne connaît pas, d'ailleurs ils ne sont pas d'ici, *des étudiants,* commente Delphine, des garçons aux hanches étroites, aux barbes naissantes, dont les visages hésitent encore, entre l'enfance et l'âge adulte. Parmi eux, un homme plus épais, à l'allure de kolkhozien dans une veste fripée, sans couleur définie, et sûrement est-il plus âgé, l'âge d'Ivan peut-être, celui de tourner sur soi-même, et déjà de haïr ce qui s'est passé, ce qu'on a fait, ce qu'on a décidé et qui n'est plus réparable. C'est vers lui que Marie se tourne d'abord, et en accrochant ses doigts elle s'arrête quelques secondes sur ses yeux, qui sont pâles, bleus peut-être, ou gris, et comme pour lui répondre il se présente, *Serge*.

Peut-être danserait-il, tel Ivan, sur un parquet de chêne, les bras collés le long du corps, dans le coton de sa veste, si usé qu'il brille par zébrures. Alors au lieu de lâcher sa main, Marie la retient quelques secondes, et si l'on savait ce qu'elle pense, on verrait un frère trop gros, rougeaud, bourré de médicaments, mais on se contente de rire, elle en fait bien des cérémonies, et lui répète son nom, en s'inclinant un peu, amusé, *Serge*. La main de Marie retombe, petite, négligée, et tout de suite elle voudrait se replacer dans l'autre. Elle est si étrange, cette ressemblance. Les yeux clairs, les joues couperosées, les pommettes marquées, tels de gros cailloux qui pointeraient sous la peau. Serge, ce serait Ivan, mais sans psychotropes, sans cures de sommeil, sans peur et sans reproches.

Serge arrive de Paris, dit la grande marguerite jaune et déjà tous s'égaillent en direction de la buvette, les garçons au pas de cigogne, Barbara dont les cheveux sont teints au henné, Delphine qui est devenue belle, à un point, Serge qui a des brins d'herbe au dos de sa veste, un homme qui a dormi au soleil, peut-être, assommé par le vin qui accompagnait le repas, et qui s'est réveillé avec une gueule de bois. Marie note le désordre de ses cheveux, les bagues aux doigts des garçons et tout ce qui, dans l'allure de Delphine, dit qu'elle n'en restera pas là, pleine d'audace, joyeuse avec une intensité communicative, une fille assez vivante pour ne se laisser entamer ni par les heures d'usine, ni par ces contraintes que l'on peut bâtir autour de soi. Marie qui est à côté d'elle, dans une odeur de résine tombée des arbres, voudrait qu'à son image aujourd'hui soit un premier jour, un nouveau départ.

A-t-elle rêvé si fort, voici six ans, dans la forêt sur les pas de Michel, leur souffle à tous deux saccadé, rauque – ce que c'est que respirer à travers la neige, dans ce silence qui vient, vertigineux. Au lieu d'aller à la recherche d'un bal, ils avaient quitté la ferme avec le cheval trop âgé, qui ne travaillerait plus et qui devait mourir. La vieille bête progressait avec peine. Lente, usée. Ils traversaient le pré à Paul, mais en ce temps-là, aux Fins, tout n'avait pas un nom pour Marie et elle n'y avait vu qu'une clairière, assez vaste et si froide que l'eau durcissait dans les ornières. Plus ils avançaient, plus les yeux de Michel se remplissaient de larmes qu'il chassait sur sa manche. Ce que c'est que mener un cheval vers la mort. Un cheval avec lequel on a travaillé, des jours durant, au labour, au débardage. Un cheval qui vient tout comme vous d'un monde qui se termine, là, maintenant. D'un coup de fusil dans la tête. Et sûrement il le sent, le cheval, qu'il est condamné, lui qu'on dit plus intuitif qu'un homme. Il rechigne à aller plus loin. Il tourne vers Michel sa tête pesante. Si Michel tend la main pour caresser son front, il ne pourra pas tirer. Alors il s'écarte d'un pas, armant le fusil, et il pleure comme un gosse en appuyant sur la gâchette. C'est ce dont Marie se souvient, du cheval mort dans la neige, du chagrin sauvage effaçant des yeux de Michel tout ce qu'elle était venue chercher.

À présent, Marie fait comme les autres, elle se sert une boisson verdâtre et acidulée. À chaque fois qu'elle écarte ses cheveux de son visage on la sent frémir d'émotions contenues. Est-ce la raison pour laquelle Serge lui jette parfois un regard interrogateur ? Mais au lieu d'être là elle pourrait ouvrir l'armoire à pharmacie, chez elle, et avaler tous les comprimés, ceux qui sont des dragées, ceux que l'on a cousus dans des gaines de plastique et qui retiennent les enfants comme des rêves que l'on n'aura jamais eus, tout comme Ivan s'endormir et se réveiller au château, où l'on n'est jamais seule et pourtant rien n'est dépeuplé comme ces couloirs cirés, on les remonte sans jamais perdre de vue le parc qui n'est au fond qu'un début de forêt, et le bruit qu'on entend au loin, qui se précise, est une chanson des Doobie Brothers, *Long Train Running,* que quelqu'un a été assez fou pour faire jouer sur une radiocassette, *without love where would you be now ?*, pour un frère méconnaissable dans son survêtement, et on s'en veut d'avoir été si curieuse, d'avoir franchi la porte et d'être là, au milieu du groupe, poussée vers lui, tout raide, les bras plaqués contre le corps, au garde-à-vous, l'Algérien, *qui guérira,* dit le médecin, la paume repliée sur le fourneau de sa pipe, alors qu'on voudrait seulement que le sommeil s'épaississe et qu'il nous gagne, à notre tour. Parce qu'on n'a pas tant de fierté que ça et que l'avenir, on l'a déjà mangé. Parce qu'on n'imagine pas un instant que dans un an on entendra Laguiller à la télévision : *Eh bien oui, je suis une femme et je me présente comme candidate à la présidence de cette république d'hommes,* qu'on votera pour elle. Parce qu'on ne sait pas, comme les autres, parler de lutte ouvrière.

Dans ce groupe de causeurs, on sait simplement qu'on est du côté de Serge. Après tout, il sait de quoi il parle, lui. C'est un cadre de la CGT. Pas une tête brûlée comme Charles Piaget, le délégué CFDT de Lip, ou Jean Raguenès, qui a créé le Comité d'Action, ou Delphine Démoly. Laquelle a des mots cinglants, *vous venez récupérer, c'est tout.* Et Serge, avec les garçons tout autour, un collier de têtes savantes, tente des phrases, tout un discours, un vrai fleuve, bien appris ou déjà rodé, qui n'est pas grand-chose contre la défiance d'une fille de vingt-trois ans, si entière, qui lui jette à la tronche le mot *imposteur*. D'où viennent ces mots que l'on ne se souvient pas d'avoir entendus mais que l'on sait quand même ? On devrait aimer Delphine, la force qu'elle a de ne pas se laisser embobiner, mais on a choisi un autre camp, qui n'oblige pas à devenir quelqu'un d'autre ni à oser ce qu'on n'ose pas, l'occupation, le rapt des montres, les salaires de survie, tout ce sauvage, il faut le dire, puisque c'est le mot qui revient constamment, quand on parle des Lip, oui *une bande de sauvages*, ces gens qui ne veulent être ni soumis ni résignés ni enfermés. Sauvage, la vie qu'on ne comprime pas indéfiniment. Mais Marie, ce sauvage, c'est trop pour elle. Il le pressent Serge, il se tourne vers elle, *toi tu nous fais confiance*, il cherche son prénom, la grande marguerite s'en souvient, sauf que Delphine ne se laisse pas interrompre, *tu parles de stratégie politique, d'agir sur le long terme, mais devant nous, il n'y a rien !*

L'ennui de la machine, on le connaît comme elle. Arriver au travail et aussitôt regarder sa montre, le temps qu'il faut remonter jusqu'à la souffrance des dernières minutes. Chez Kelton, les Portugaises, pour aller plus vite, pour augmenter leurs primes, bloquent la sécurité des outils. Leurs mains folles passent à travers les appareillages. On s'étonne le soir de les voir entières, un peu dodues. Qu'un doigt vienne à tomber, on tombera avec lui, on retournera au pays.

Cause toujours ! Vous nous avez déjà lâchés, en 1968, reprend Delphine. Fugitivement, Marie se rappelle leur virée à Besançon, l'eldorado que c'était, l'usine, en février 1967, quand Delphine n'avait qu'une envie, arrêter l'école, gagner son premier salaire. La dégringolade des premiers jours, Marie s'en souvient bien, c'était en juin 1967, à l'époque elle n'était pas encore enceinte, elle descendait souvent jusqu'à la maison du bord de l'eau, et quand elle l'interrogeait sur son boulot chez Rhône-Poulenc, Delphine répondait qu'elle n'y ferait pas de vieux os, avec une hargne qui scotchait Marie. *Tu ne peux pas comprendre,* jetait Delphine. Et c'était vrai. Depuis, on a passé des heures à en perdre la tête sur de minuscules engrenages à conditionner par vingt. Une fois, on s'est trouvée mal, on nous a menée à l'infirmerie, dans une voiture lente devant laquelle s'écartaient les Fenwick, on nous a fait boire une poudre blanche délayée dans l'eau. On a sommeillé une heure, allongée sur un drap blanc. Les genoux de l'infirmière cognaient au bureau trop bas sur lequel elle travaillait. Ce battement irrégulier s'est associé dans un rêve à une marche qu'il fallait faire dans une gadoue d'eau mêlée de neige, sur dix centimètres d'épaisseur. On ne portait que des bottines assez fines, à fermeture Éclair. À notre grande surprise l'eau ne traversait pas. On avait les pieds glacés mais secs. Tout à coup on était avec Ivan dans une chambre de Saint-Rémy, froide et humide comme un lac. Sur le lit, une portée de chiots. *Il faut les compter,* disait Ivan. Et on savait qu'il en manquerait un.

Toi, tu as confiance en nous, Marie, dit Serge à nouveau. Il a deux dents plus grises, qu'on remarque lorsqu'il sourit. Il est difficile de trancher, parmi les sentiments qu'il inspire. On voudrait rester froide. Il parle de l'avenir. C'est beau l'avenir. On y habite des maisons individuelles. Le pays tourne à l'énergie nucléaire. On est une femme réinventée.

Vous venez récupérer, c'est tout, répète Delphine, et ça reprend au début, avec de surcroît d'autres garçons qui sont arrivés, nerveux, vindicatifs, qui visiblement ne peuvent pas blairer Serge, qui veulent virer la CGT, ses précautions oratoires, sa hiérarchie, sa langue de bois. Les militants de la GP finiront par chasser la CGT d'une assemblée générale. Comme ils accueilleront plus tard Mitterrand à coups de pierres sur le Larzac. Avec eux tout devient orageux. Serge ne peut plus en placer une. La grande marguerite propose à Marie de lui faire visiter les ateliers. On la suit. On réalise ce que c'est d'être une femme libre dans une usine. On n'est pas comme elle. On est obéissante. On travaille dans un atelier où il faut demander la permission pour aller aux toilettes. À l'infirmerie, on a expliqué qu'on prenait la pilule. Mais on ne s'est pas refusée à écarter les jambes lorsque la soignante a prétendu nous examiner. On se souvient très nettement de la chaîne en or sur la nuque de l'infirmière, et du fermoir dans le duvet doré, très épais. Ses cheveux sculptés aux rouleaux. Sa voix sèche pour nous dire qu'on n'est pas enceinte. Ça ne fait rien. Là où l'on est, le corps est un gage. Le soir on a pris sa pilule avec un grand verre d'eau. On a enfilé une chemise de nuit. On s'est allongée avec Michel. On a fait le récit de notre journée. Au moment de l'examen gynécologique, notre bouche s'est fermée. Ça a laissé un grand blanc. Michel n'a pas relevé. Il s'est habitué avec Marie à des paroles décousues. Il sait ses absences, ses trous de mémoire, les cris étranglés de ses éveils nocturnes.

Il y a ces centaines de journées vécues à la lumière électrique, toutes ces filles habiles sur des mécanismes de précision, qui gagnent en vitesse pour arrondir leurs fins de mois, de qui on exige toujours un peu plus d'accélérer. Il y a ces rêves qui courent à travers toute la vie et que n'arrête pas l'usine, non. Il y a cette jeunesse qui ne se laisse plus intimider, des crâneuses qui tiennent tête à la maîtrise, des gosses insolentes qui rembarrent ceux qui veulent parler à leur place. Il y a Marie, hors-jeu, sa folie douce, sa crédulité. Elle trouve que Serge parle bien. Et puis après tout il est de gauche. *Tu crois donc tout ce qu'on te dit !*, s'exclame Delphine lorsqu'elles repartent ensemble. Elle, c'est vraiment une emmerdeuse.

Le lundi suivant, à huit heures moins vingt, Marie embauche. À dix heures moins dix, au signal de la pause, elle file vers la zone A et retrouve Nicole à mi-chemin, comme convenu. Elle fait un récit trop exalté, sans doute. Elle voudrait que Nicole prenne son parti. Mais elle s'en fout des Lip, Nicole. Elle ne parle que de son mariage. Elle ne pense qu'à Nordine. Elle rêve de faire le voyage de l'Algérie. Il lui semble qu'ainsi elle posséderait le début et la fin. Nordine lui échapperait moins. Il lui apprend une chanson en arabe. Elle répète après lui. Il la reprend, quand elle se trompe. Elle ne sait pas ce qu'elle dit, c'est un secret pour plus tard. « *Bent sahra ya mahlaha, Housn djamalha bahaha, Bent el aârbi ya maghlaha, Ya samra zinek fattan.* » Il l'emmènera dans son pays. Un jour. *Les filles d'Aïn Beïda,* raconte-t-il, *vont au studio du photographe dans des robes à volants, des décolletés de dentelle. Elles posent au milieu de fleurs artificielles, un verre de thé à la main, leurs lourds cheveux tressés jusqu'au ventre. Il y en aura une mèche dans la lettre destinée à l'exilé.* Nicole croit qu'il ment. Nicole pense que les femmes d'Aïn Beïda ont des losanges tatoués sur les joues, des triangles sur le menton. Elles portent des robes superposées, des manchons de grosse laine. Leurs yeux ont pris la distance des grands chagrins. On a froid rien qu'à les regarder. *Les garçons d'Aïn Beïda,* reprend Nordine, *ont des pantalons de Tergal qui grattent l'entrejambe, et des chemises colorées, comme des robes de fille. Il n'y a pas de travail. On use ses semelles sur des sentiers de terre. On va à dos d'âne. Quand on a de la chance, on retape un vélo, on lime la chaîne, on monte une fille sur le cadre, elle a de longs cheveux, elle s'appelle Yasmina.* Nicole le croit. Les hommes d'Aïn Beïda ont un visage unique multiplié par mille, de très grands yeux légèrement tombants, des paupières, non du sable noir, une tignasse mérinos, une bouche excessive qui sourit, qui rit, qui mord, et la peau il lui faut la nuit et ses lumières artificielles pour paraître blanche. Les hommes d'Aïn Beïda roulent en Solex, cibiche au bec, la raie sur le côté, sans oublier les lunettes noires, la cravate un peu défaite, la déferlante d'eau de toilette. *Oublie le sable et le désert,* lui dit Nordine, *oublie les hommes bleus, les oasis, oublie le chèche, la djellaba, oublie les fellaghas. Allume la radio, joue un air endiablé de Messaoud Bellemou ou d'Ahmed Khelifi, vois des pères qui renient leurs fils, tout vivants qu'ils soient, avec leurs cols pelle à tarte, leurs chemises en acrylique, leur hâte de quitter le bled. Sois jeune, sois frénétique, sois un peu d'Algérie.* Nicole voit ce qu'elle veut bien. Des oliviers dans des champs pierreux. Des garçons tournant le dos à la mer. D'antiques Mercedes à cabosses. Des rivières de patchouli. Des palmiers-dattiers, des dromadaires. Quelqu'un sonne. C'est Lounes. Le plus bougnoule de tous. Des vêtements trop grands, sauf le veston, bien ajusté au contraire, moulant le ventre comme une barrique. Un épais rectangle de moustache. Une loupe sur la joue. Il ne salue pas Nicole. Il la regarde comme s'il voulait l'imprimer sur la cloison. Écœurée elle file dans la pièce à côté. Leur appartement presque vide. Les quelques meubles, Nordine en modifie constamment l'emplacement. De jour en jour ils changent ainsi d'espace et ça doit être ainsi, lorsque l'on dort à l'hôtel, croit-elle, entrer dans une chambre qu'on ne reconnaît pas, qui garde une certaine neutralité, sans rien qui évoque l'Algérie, sauf une théière en métal et un grand plateau martelé, peut-être. Entrer chez soi et s'arrêter devant un carreau qu'on n'avait jamais remarqué, fendu en son milieu, précisément. S'asseoir sur le lit et de là découvrir l'immeuble d'en face sous un angle changé, qui fait penser à l'étrave d'un navire. Être une femme qui ne prévoit rien, quelques instants. Les mains à plat sur les cuisses. Cette immobilité qu'elle apprend. Cette distance avec les choses. Et puis elle ouvre la table à repasser. Les chemises d'homme, le bleu de l'usine, sa propre blouse, toute droite, assez vaste pour y loger une grossesse, le fils qu'elle aura, bientôt, brun, laineux, magnifique.

Pour son mariage, ses parents lui ont payé une robe de couturière, une véritable corolle, qui l'attend pour un ultime essayage, même si parfois, avec Nordine, elle ne sait plus sur quel pied danser. Elle pourrait se confier à Marie, au moment de reprendre une cigarette, lui avouer qu'elle se sent à la veille de ne plus exister. Elle cherche des mots pour exprimer ça, qu'il ne la lâche jamais du regard, qu'il commente sa tenue, sa manière de rire, la façon dont devant lui elle grimpe les escaliers, qu'il veut la changer, la raboter de toutes parts, lui organiser une vie concentrique, elle se voit tourner, jusqu'à la fin de la vie, autour de lui, belle et servile, et lui si radieux, *ça te plaît hein ?*, si accompli, un homme, qui s'adore quand il la voit, humide, exquise, abondante. Ce qui passe par le corps d'une femme, ce qui revient certitude.

Comment ça se passe avec Michel ?, fait-elle. *Qu'est-ce que tu veux dire ?* Marie, maussade. *Non, je me demande juste, le mariage.* Mais Marie ne répond pas.

Une pureté d'églantine, a promis la couturière, en ajustant le corsage, et Nicole a frémi dans l'armature des aiguilles, sa robe tenant sur elle par une sorte de miracle, car dans ses yeux elle s'envolait, elle s'enroulait sur les buissons, la part sauvage, l'épine.

1974

L'année de la mort commence en juillet. Avec une échelle appuyée à une façade. La mère de Marie est montée jusqu'au chéneau, qui déborde, qu'un orage a chargé de feuilles, non, de branches entières, arrachées au châtaignier voisin. La grêle a mangé les récoltes à venir. D'en haut, on voit les dégâts dans le potager, les serres fracassées du maraîcher, les fruitiers mâchés dont les branches pendent. On contourne des flaques douceâtres où se décomposent les prunes. On réalisera plus tard ce qu'on a perdu.

Les barreaux de l'échelle sont doux et polis. Taillés dans l'acacia. Ce n'est donc pas qu'un barreau cède. C'est qu'elle glisse, en redescendant, sur une feuille qui se sera accrochée, brillante, vernie. Elle tombe, pas d'en haut, sinon le père serait encore au pied de l'échelle, alors qu'il a commencé à s'éloigner. Pas de si haut que ça, mais avec un choc mat qui fait accourir avec un mauvais pressentiment.

Dans l'intervalle, ce qui a passé dans sa tête, on ne le saura pas. Les robes qu'elle coud à présent pour ses petites-filles et qui, finalement, sont toujours les mêmes ? Quel que soit le modèle qu'on lui soumette, le tissu dans lequel elle coupe, tous les vêtements entre ses mains prennent un tombé un peu raide, manquent d'un rien d'harmonie, comme si dans le pli des coutures elle se cousait elle-même, une beauté, ça on l'a toujours dit, mais sourcilleuse, vorace, inquiète. Les emballages vides qu'elle accumule à la cave, au grenier ? Elle ne jette rien, les conserves rouillent, le carton moisit, elle disparaît pendant près d'une heure à l'étage pour revenir avec une grande boîte plate, au couvercle en plastique transparent, toute tachée de rose, comme si on y avait transporté des gâteaux, des fraisiers, des charlottes aux fruits rouges, des pâtisseries qu'on ne voit jamais passer dans cette maison, elle tasse là-dedans du linge qu'elle a récupéré, des serviettes rêches, un drap de bain brodé d'un chiffre tarabiscoté, *WZZ*, elle place le tout dans les bras d'une de ses filles qui s'en va et en fera bon usage. Le fils qu'elle a eu ? Ses quatre filles ? Le mal qu'ils lui ont donné ? Son frère ? Albert, le vieux garçon, vient tous les jours, puisqu'Ivan n'est plus jamais là, se nourrir de soupe au cerfeuil, d'œufs en gelée, de terrine de lapin, la cuisine qu'elle prépare et goûte elle-même du bout des lèvres, se gavant dès qu'elle est seule de chocolat noir et de biscuits de Reims, achetant parfois un saint-honoré au pâtissier du village et s'installant au fond de l'église avec la chose calée dans la main, se freinant, se refrénant, de la crème plein la langue, se contraignant à de toutes petites bouchées, mortification de gourmande. Sa vie secrète, dans la doublure des jours, les armoires qu'elle ferme à clé, les boutonnières où elle s'applique à des raffinements qui restent inaperçus ? Le meilleur d'elle-même dans ce qui ne se voit pas, toujours.

Comment croire qu'elle se soit jetée, la tête la première ? Le saut de l'ange, c'est bon pour les athlètes olympiques.

On n'ose pas la toucher. Son crâne saigne à peine. C'est tout à l'intérieur. Bourré d'hématomes. Qui gonflent en cachette. Des cavités où fourrer la vie qu'on n'a pas eue, la douceur qu'on a cherchée, en vain, jusqu'à l'écœurement, jusqu'à s'étendre, livide, après avoir refermé l'armoire à provisions, jusqu'à faire l'obscurité, en plein après-midi, en attendant que ça passe, jusqu'à vouloir tout rendre, tout, absolument tout, sans y parvenir.

Grâce au téléphone, quelqu'un prévient les rejetons, le temps que l'ambulance remonte l'avenue encombrée de feuilles et de fleurs. On charge l'accidentée sur une civière, on fonce jusqu'à l'hôpital Saint-Jacques, à Besançon, sur des routes où vous a précédés toujours la même désolation et sur lesquelles on est forcé de décélérer, car on roule sur la boue et le faîte des arbres, sur les nuages et la peau des fruits. Le temps que les filles remontent le même chemin, il faut défaire la blessée de sa robe de coton noir, on n'a pas le temps de s'occuper des contusions, le choc s'est imprimé sur le corps en marques bleuâtres, on laisse ça pour plus tard, on fait tout de suite des radios pour examiner le cerveau, détecter ce qui se passe à l'intérieur, là où gonflent les œdèmes.

Vous ne pouvez pas la voir, dit-on aux sœurs. Le chirurgien va, leur explique-t-on, ouvrir la boîte crânienne, de sorte que le cerveau comprimé ne meure pas déjà.

On est trop choquée pour comprendre. L'émotion viendra bien plus tard, sur une maladresse, une assiette qui échappe des mains et se brise, qu'on pleure de toutes les larmes de son corps, sans pouvoir s'arrêter. Mais pas ici, pas maintenant. Le temps qui commence il faut apprendre à le recouvrir. On remplit des formulaires, d'une écriture qui ne tient pas dans les espaces prévus, ça déborde, un torchon vraiment, on a honte de rendre ça au secrétariat. Le numéro de sécurité sociale, on ne le connaît pas, on le fournira plus tard, on n'a pas fini de revenir, de faire la route le soir après l'usine, de prendre Louise en passant, Catherine vient par l'autobus, Claude se fait héberger à Besançon, chez des parents. À quatre elles sont plus anxieuses, plus malheureuses. *C'est l'hydre,* pense le chirurgien quand elles s'accrochent à sa manche blanche. Elles veulent qu'on leur annonce la guérison, pas pour tout de suite, non, non, mais pour un futur proche, quand elles auront maigri, fondu littéralement, vivant sur les nerfs, transfusées de la même angoisse, retrouvant dans les tréfonds de leurs penderies les robes bien ourlées par la mère et se réunissant comme des revenantes, dans la chambre d'hôpital.

Marie trouve quand même le temps d'aller voir Ivan, qui après la danse apprend l'horticulture, dans ce territoire réduit qui est le sien depuis quatre ans : un lit, une chambre, un château-hôpital, et maintenant une serre. Les médicaments lui ont fabriqué un corps étrange, des seins féminins, un double menton. Ses yeux ont presque disparu, une paillette bleue enfouie dans la chair. Il s'applique sur ses boutures, comme un vieux petit garçon, une horrible petite mère. Venir le voir, c'est retomber en enfance, habiter avec lui cette mémoire qui n'est peut-être qu'un tissu d'illusions mais au moins le frère et la sœur peuvent-ils s'y rejoindre, et les mots ont pour eux le même sens : la *maison* est une bâtisse grisâtre, mal proportionnée, trop haute, la *table* est couverte d'une toile cirée, la *salle de bains* est glaciale, une porte y donne sur deux marches de ciment par lesquelles on accède au potager, le sol y est toujours maculé de terre, quand on y marche pieds nus on a l'impression d'être sur du gravier, le *miroir* est accroché au-dessus de l'*évier de la cuisine,* trop haut pour qu'on n'y voie autre chose que le sommet de la tête, la *pendule* sonne tous les quarts d'heure.

Maman est tombée d'une échelle, elle va peut-être mourir. Ivan ne lève pas les yeux de la motte de terreau noir partagée en deux, les racines peignées avec précaution, les mains difformes, méticuleuses. On ne sait jamais ce qu'il retient de ce qu'on lui dit, même à présent qu'il va mieux. On se demande s'il a conscience que la mère n'est plus venue le voir depuis des mois, que Marie est la seule à s'être obstinée, même au pire de la maladie, lorsqu'il ne répondait pas aux questions, s'endormait au moment où elle arrivait. *Tu vas mieux,* s'efforçait-elle de dire, ça non plus elle n'était pas sûre qu'il l'ait entendu. Elle continue, malgré tout : *elle est à l'hôpital à Besançon, à Saint-Jacques.* Il regarde ailleurs, vers les bougainvillées. *Elle est tombée du côté des armoires,* marmonne-t-il enfin. *Je les connais ses armoires.* Alors d'un geste plein de colère contenue, elle lui enlève les mains de la terre et le tire avec elle hors de la serre.

Eux, le frère et la sœur, peuvent suivre les allées du parc, en traînant ces présences, cette *maman* qui est une bulle, qui peut tout absorber, cette *armoire* qui ferme à clé, dans lequel sont les réserves, les tablettes de chocolat, par lots de vingt, les boîtes de biscuits, les bocaux de confiseries, comme chez un épicier, avec de gros bouchons de verre, et entre deux des sachets éventés de mort-aux-rats. Ils peuvent ainsi tout traverser : les parterres, les pelouses, les esplanades, les terrasses. Ils peuvent entrer dans l'ombre du château. Reste cette *maman,* si tenace. Marie a été une enfant attardée qui pleurait et ne marchait pas, qui n'a pas marché jusqu'à presque trois ans, qu'il a fallu porter tout ce temps, grande déjà, lourde. Il y a ce frère qui ne tient pas tout seul, à qui il faut tout réapprendre : marcher, par la danse ; parler, par l'horticulture.

Depuis ce mois de décembre 1969 où il s'est brisé le poing en cognant dans un mur, auprès d'Ivan Marie a tout camouflé. Rien de ce qu'est son existence n'est entré au château. Elle est, à ses côtés, l'adolescente éternelle, fille de dix-sept ans qui réclame de pouvoir verrouiller sa chambre, qui jette des pierres à ce frère lorsqu'il la piste au-dehors de la maison, collant, obstiné, importun. Il garde cette puissance conférée aux origines puisque, enfantée bien après lui, elle a grandi dans un monde dont il était le dieu interdit. Fait dieu par la mère qui l'adorait, par le père qui lui laissait tout passer, par les sœurs dressées à le servir. Comme sont les dieux, pourri de faiblesses, inconstant, ravageur. Alors, comme pour préserver cette illusion-là, elle ne lui confie rien de sa vie de jeune femme. Et comment pourrait-il imaginer ce dont elle est faite, cette existence : une barre d'immeubles où les voix passent d'un appartement à l'autre, mal séparées par leurs cloisons ; un trois pièces où les enfants font toujours trop de bruit, la voisine du dessous tape avec son balai pour faire cesser le raffut, les roues des petites voitures font zzzimm, zzzimmmm, les repas sont un cauchemar à cause d'Angèle qui ne veut rien manger, on peut la gronder, vider de force la cuillère dans sa bouche, on voudrait la secouer par les cheveux, on retient des mots horribles, parfois ça sort quand même, *chipie, murie, petite crevure*, on a l'estomac noué, on voudrait vomir, et quand on croise la voisine au bas de l'immeuble, quand cette vieille bique commence à nous dire ce qu'elle pense de notre manière de vivre au-dessus de sa tête, on se dit qu'on s'en fout, après tout, on part bosser à l'usine, on a une robe imprimée d'éclairs blancs et violets, on est un orage à soi toute seule.

Une fois, Marie a débarqué à l'hôpital au milieu d'une séance de thérapie par la danse et il faut croire qu'elle avait traversé une tempête car sur elle tout était froissé, elle avait un drôle de visage tordu, sa lèvre cicatrisait à peine. Dans cet état qui sait ce qu'elle avait pu faire (jeter les jouets contre le mur ? se mordre jusqu'au sang ? s'enfermer dans la salle de bains alors que les enfants pleurent ? les faire taire en menaçant de se jeter par la fenêtre ?). Ils sont doux les fous. Gros, doux, délirants. Ils construisent des mondes souples, comme du caoutchouc, des mondes où tout rebondit, même Marie, ils la poussent vers le centre, eux tournent en écartant les bras, c'est ça le jeu : tourner, se toucher, changer d'axe, la pièce aussi finit par tourner, on rit, on se retient à son voisin, on entraîne Marie, son manteau ce sont de grosses fleurs en crochet cousues ensemble, les autres sont en survêtement, le thérapeute en chemise mauve, c'est une époque où les hommes portent des couleurs vives, où les femmes ressemblent à des prairies, où les fous dansent en chaussettes. *Toi aussi, tu es malade,* constate Ivan, après. Et c'est peut-être vrai, alors elle ne s'en défend pas. Est-ce qu'elle n'a pas rêvé qu'elle venait s'allonger ici ? Ses paupières pesaient comme des coquillages, toutes en grosses stries calcaires et ne s'ouvrant plus.

Aujourd'hui surtout, alors que la vie de la mère est suspendue aux fils de perfusion, Marie aimerait qu'on l'enferme, qu'on lui retire ses papiers d'identité, ses clés, son sac qui sent la gaufrette et toutes sortes de choses enfantines. Au lieu de quoi elle met le contact et dans le rétroviseur elle voit s'éloigner Ivan au milieu d'étoiles qui ne sont que des plaques de poussière sédimentées sur le pare-brise. Il agite la main, comme le château il appartient à un autre temps. Dans celui de Marie, la mère est entre la vie et la mort, sans qu'on se représente vraiment ce qui grandit dans l'entre-deux, écrasant la matière cérébrale, comprimant la dure-mère sur l'arachnoïde.

Quand le chirurgien dit ces choses, les enfants concluent que le combat n'est pas fini, qu'il se joue par pressions internes, par souffrance des méninges. *Si toutefois elle survit, rien ne dit qu'elle sera toujours la même,* conclut le professeur. La mère pourrait leur revenir comme la chenille du bombyx, roulée dans son cocon de soie brute, gros œuf dont cherche à s'échapper le papillon. La mère pourrait tisser son linceul, dans ce coma dépassé, et il faudrait la promener, ensuite, sur une chaise roulante, et lui donner à avaler par cuillerées les feuilles hachées du mûrier. Toute blanche, inerte. Un œsophage, un estomac, des intestins. Une larve à étouffer avant qu'elle ne vous épuise par son appétit colossal, à jamais chrysalide.

Les sœurs ont cessé de réclamer la résurrection. Elles anticipent la fin. En attendant, le chirurgien prétend que la mère ne souffre pas. Quand même, elles entendent les dents qui grincent, les râles amplifiés par les tubes. Elles se replient dans le couloir, puis sur le grand palier où débarquent les ascenseurs. Mais ce n'est pas assez. Elles descendent d'un étage, d'un deuxième. Elles mettent des murs, des chapes de béton, entre elles et la salle de soins intensifs. Dans les couloirs, les chambres s'ouvrent sur leur passage. Des vieillards leur emboîtent le pas, se font offrir des cigarettes en cachette. Ils crèveront la clope au bec, ceux-là. Ils en profitent pour placer des compliments. Ils parlent de mariage. Les sœurs ne les prennent pas au sérieux. Ils font semblant de plaisanter et puis ils reprennent les promesses *aux épouses* : des biens, des liquidités, des bijoux. Leurs voix sifflantes, la fumée épaisse des gitanes, la mère inerte trois étages au-dessus : on est nerveuse, on regarde par-dessus son épaule, on sort dans la cour, les petits vieux gambadent en pyjamas, on leur donne des noms shadoks : Ga a de grands yeux pleins d'eau, une maison à Auxonne ; Zo un dentier qui glisse, on ne comprend pas ce qu'il dit ; Bu est encore beau, il est peut-être russe. *GaBuGaZoMeu,* répond Catherine quand Louise lui demande du feu. *BuZoMeu,* rétorque Louise. On vocalise comme ça alors que les vieux sont repérés. Une infirmière descend dans la cour, les bouscule méchamment vers l'escalier. Ils envoient des baisers du bout de leurs doigts bleus. On se pousse du coude. *C'était le grand déménagement du monde ?* demande Catherine. *De la terre,* corrige Louise, qui regarde la télévision. Ils se croient immortels, les Shadoks. Un foulard noué à l'encolure, ça leur suffit pour verdir. Zo apparaît à une fenêtre. Leur jette des œillets qu'il doit piller d'un vase. On entend des cris à peine audibles derrière lui. Alors il se retourne et jette un gros mot mal articulé. Ça dure ce que durent les fleurs.

Au retour de l'hôpital, quand on franchit la rivière, on doit traverser les vols d'éphémères et pendant quelques secondes on n'y voit plus rien, à coups d'essuie-glaces on ramasse la manne, il en reste une sorte de poussière, on espère quelques gouttes de pluie pour tout emporter, sous le pont roule un flot tacheté de gris que dévorent les truites. *Elle ne parlera plus,* dit-on à Michel. On peine à se souvenir des dernières phrases échangées avec elle. On croit qu'il s'agissait d'Ivan. Ivan a été depuis quatre ans l'unique sujet de conversation avec la mère. On n'a parlé ni d'Angèle, qui est si difficile, ni de Raoul, le dernier enfant, ni de Michel, qui a sa propre vie. On a parlé d'Ivan, de ses mains glabres et toutes gonflées se déplaçant sur le drap avec un bruit de latex. On l'a décrit comme un infirme qu'il fallait pousser sur un fauteuil roulant. On a raconté l'arrivée d'un nouveau médecin et la surprise de trouver un jour Ivan dans le parc. Il marche sans regarder devant lui. Quand le chemin tourne, lui va tout droit. Il s'accroche aux branches basses. Le froid laisse de larges marbrures sur son visage. On insiste auprès de la mère pour l'emmener, en voiture. On lui dit *tu verras, il va mieux*. Elle rit, elle veut absolument qu'on reprenne les fruits à la goutte qu'elle a servis pour le dessert. On ne peut pas lui parler de ce qu'elle n'a pas envie de savoir. Elle veut nous montrer quelque chose. On la suit à l'étage. Elle respire plus fort en haut des marches. Elle vieillit. Dans la chambre, le lit est fait, les draps tirés jusqu'en haut, la courtepointe raidie. On se surprend à penser que, sûrement, le père ne dort plus là, depuis longtemps. Elle s'assoit, allume une lampe de chevet. Il faut qu'elle reprenne son souffle. Le décolleté de sa robe bâille sur de la lingerie noire. Elle s'est trop maquillée, comme souvent. Ça donne à son visage des reflets métalliques. *Ouvre l'armoire,* dit-elle. Il y a leurs vêtements, rangés avec un soin maniaque, jusqu'aux mouchoirs soigneusement repassés, empilés par couleurs. *J'ai tout gardé, tu vois.* Et elle montre sous une housse de teinturier une chasuble blanche que Marie reconnaît immédiatement pour l'avoir vue depuis toujours sur la photographie de mariage exposée dans la salle à manger, en bonne place sur une console qu'on cire. La mère y est drapée d'un voile de dentelle. Le père y est un homme robuste à la moustache dessinée d'un trait énergique. Elle se lève. Elle sent le sucre et le fard, elle est un peu plus grande que Marie, elle a une dent en or. Ici elle est toutes les choses : la robe de mariée et l'armoire, le lit et la lampe tulipe, les magazines empilés en haut de l'escalier et ce qu'elle a disséminé sur les marches – bocaux Le Parfait, courriers de la MSA, linge de toilette neuf sous emballage plastifié. Elle est tout ce qu'il faudra disperser et plus encore : un appétit dissimulé, une collection de phrases toutes faites, une froideur des sentiments. *Tiens, touche, il m'a pas tout volé, Ivan.* Elle tend vers Marie le pan d'un pardessus d'homme et à l'intérieur de la doublure

Marie sent deux renflements jumeaux. *Mes pendants d'oreilles. Il croyait que je me rendais pas compte, hein ?*

Si Michel ne s'était pas éreinté tout le jour à scier du bois, s'il ne s'endormait pas déjà alors que Marie déambule dans la chambre, en culotte et soutien-gorge, elle lui raconterait l'histoire des Shadoks et les stratagèmes qu'ils inventent pour se maintenir en vie. Celle de la mère qui a si mal vécu. Celle de la maladie d'Ivan et de ce qui s'est caché là, puisqu'Ivan a tout emporté dans son sommeil au château (*mère* qui est la première présence, *maison* qui se délabre et dont la toiture fuit, *mariage* qui est le déclassement d'une fille de gros paysans épousant un ouvrier agricole, *manger* qui est s'asseoir alors que la mère reste debout et dépose dans votre assiette le lapin qu'elle a tué et cuit longtemps dans une crépine, *dormir* qui est avoir peur de ce qui se passe dans la nuit). Et parce qu'il est inutile de chercher le sommeil, parce que la nuit est étouffante et son esprit fébrile, Marie s'installe à la fenêtre du séjour pour fumer une cigarette, sans allumer parce qu'elle est à peu près nue et qu'elle soupçonne qu'ils sont nombreux, comme elle, à cette heure, à ne pas fermer l'œil, à chercher leurs semblables dans la nuit. Elle songe que Nordine n'est toujours pas rentré d'Algérie. Demain encore il sera inutile de passer à proximité de la zone A2, dans le seul espoir de le croiser, d'échanger quelques mots sans témoin, sans autre intimité que ce vide balayé de courants d'air des allées qui s'imbriquent entre les zones. Sûrement il sait qu'elle fait tous ces détours pour lui. Une fois ou deux, elle a pensé qu'il calculait son propre trajet pour coïncider avec le sien. Parce que le seul hasard, croit-elle, ne peut faire qu'ils se rencontrent aussi souvent. Elle y pense constamment. Calcule tous ses déplacements. Nul ne maîtrise comme elle la cartographie de l'usine.

Nicole, quand Marie la retrouve à la pause, raconte l'Algérie comme si elle y était partie avec Nordine, comme si elle ne devait rentrer qu'à la fin juillet. On ne sait pas si elle invente, si Nordine lui a écrit, si elle utilise les anecdotes de voyages antérieurs. L'aïeule a enfoui les savonnettes apportées en cadeau dans son corsage où est tout son précieux. Nouara, la jeune nièce, a tellement grandi que Nordine ne la reconnaît pas. Il lui dit *Je vais te ramener en France avec moi.* Elle a peur des bateaux qui ne reviennent jamais. Nordine prend le bus jusqu'à Aïn Beïda. Sa mère pleure en le voyant. Il lui laisse un portrait réalisé le jour du mariage : lui est très beau dans le décor qui part au flou, en colonnades et en draperie, Nicole pose devant une gerbe de fleurs blanches, dans ses cheveux une broche répand des ramures, des boutons de roses. Marie feint de croire que tout va bien. Elle sait que Nicole souffre de ce qui se raconte dans son dos : qu'elle serait une deuxième épouse, que Nordine a des enfants en Algérie, que c'est la raison pour laquelle il part seul, chaque été.

Et ta mère ? se reprend Nicole. Cette question prend toujours Marie de court, d'où qu'elle vienne. Elle ne sait pas se représenter ce qui vient.

La veille du décès, elle insiste pour s'arrêter à la maison d'enfance, malgré l'heure tardive et les protestations de Louise. Le père dîne avec Albert d'un saucisson, d'œufs à la cancoillotte. Ils ont vidé deux bouteilles de rouge. Ils font tout un tintamarre, lorsqu'elles arrivent. *Bon sang, c'est qu'on voit plus de femmes par ici, maintenant que la sœur file un mauvais coton.* Le père, l'oncle flétrissent comme de vieilles gonzesses, constatent-elles. Marie laisse Louise s'en dépatouiller. Elle grimpe à l'étage. Le père s'est installé dans la chambre de Catherine. La porte est ouverte sur son capharnaüm.

Dans la chambre conjugale, les volets sont fermés, il ne passe pas une pointe de lumière. On ne peut pas croire qu'il y a dehors ce ciel d'été.

On l'a fait en songe, on a des ciseaux à ongles dans son sac à main, il suffit d'enchaîner les gestes, avec la peur d'être surprise par Louise, mais non, elle est en bas, on ouvre l'armoire, dégage le pan du pardessus, les pendants d'oreilles roulent sous le tissu, un coup de ciseaux fend la doublure, on a sur sa paume ouverte une guenille où brillent deux boucles en or émaillé, on la noue, voilà, c'est dans la poche. On hésite un instant devant les cravates, les nœuds papillons. On enfile une paire de gants. Ils montent jusqu'aux coudes, doux et frais. On aime ce qu'on est dans le miroir. On redescend.

En bas, des torchons humides roulés sur la table, une blague à tabac, deux verres de vin. *Tu n'as pas servi à boire à ta fille ?* fait Marie. *Elle a rien réclamé !* Louise l'attrape par le bras. *C'est quoi ces gants ?* demande-t-elle. *Propose-leur donc un kéfir,* suggère Albert. Il se lève pour prendre la bouteille dans le Frigidaire. Le breuvage mousse dans les verres. *Goûtez-moi ça, c'est moi qui l'ai fait, avec les figues du Constant et des citrons de Tunis.* Ça pique le palais, c'est saumâtre et fier. *C'est les gants du mariage de votre mère,* grommelle le père. Marie observe son menton gris, ses mains tremblantes qui sèment des morceaux de pain. *Tu devrais changer de linge, des maillots propres tu n'en as pas ?* Au lieu de partir, les sœurs s'assoient, dans un accès de pénombre qui ferme les ailes des hirondelles et ouvre les belles-de-nuit. *On n'aura pas de fruits cet été,* se plaignent les hommes. *Ce serait bien que tu viennes demain,* reprend Marie. *Demain c'est peut-être la dernière fois qu'on la verra vivante.* Le père fait comme s'il n'entendait pas. Il se reverse à boire, en riant. *On file ?* fait Louise, sans plus de politesses.

Rien ne va. Le père fait la fête, Louise fait l'enfant, et Marie maintenant c'est la mère, empesée, inaccessible, alors Louise se tait, s'allonge sur un bras, perd son regard dans les reflets verdâtres du kéfir, elle qui peut remonter le temps et y reprendre le visage suppliant d'une gamine de cinq ans. Les gants font-ils des bras si lourds qu'ils traînent jusqu'au carrelage, les chaises ici sont si basses, les murs si courts, tout est si petit qu'il faudrait pour se lever baisser la tête et rentrer les épaules, soulever la petite Louise et la porter au loin, mais pour ça Marie devrait se dépouiller de la camisole, au lieu de quoi elle rapetisse, elle se défait à son tour, la main autour d'un verre, le pied autour d'un barreau de chaise, la tête dans le jardin énigmatique où la mère court encore dans le noir, un grand tablier noué à la taille, elle se relève la nuit pour couper ses roses, elle prétend que les bouquets durent plus longtemps.

C'est qu'il est dix heures et demie, s'étonne Albert. Cette fois les sœurs se décident. Marie pose sur le volant des doigts de satin brodé. Le père et Albert piétinent sur le perron, en savates, giflés d'une dernière bise. Ils agitent vaguement la main. Louise claque la portière. *Deux vieux schnocks,* siffle-t-elle avant qu'elles ne passent le portail. À minuit Marie retire les gants du mariage et les plie dans du papier de soie. *Alors ?* demande Michel. *C'est la fin,* dit-elle, sans vraiment réaliser.

Le matin, Marie embauche. À distance elle entend la sonnerie. Il faut, comme une gosse, arriver en courant, les mains plaquées sur les cuisses pour empêcher la blouse de remonter. Le chef, Marie sait qu'elle peut compter sur son indulgence. Il suffit de lui dire *Ma mère se meurt à l'hôpital, Mon enfant cette nuit avait la fièvre,* pour qu'il ferme les yeux. Quand une femme de l'équipe commence à pleurer, au milieu de l'après-midi, rattrapée par on ne sait quel chagrin, il va s'enfermer dans son bureau, les paupières rouges, le souffle gêné, le temps qu'une copine prenne l'autre par le bras et l'emmène se refaire une figure au vestiaire. *Ah, ces femmes !* s'exclame-t-il quand elles s'excitent trop, quand un rire circule de table en table, dans l'énervement du soir, de l'heure qui approche, qu'on guette sur l'horloge, se perdant dans ses comptes, reprenant à zéro, une poignée de boulons répandue sur la table, la tête en l'air, savourant d'avance la soirée qui se prolongera.

Le vendredi soir, Marie attend Michel devant la Vieille Usine, le dos appuyé à la voiture. Sans qu'elle le sache, le cœur de la mère s'est arrêté de battre. Ça n'est rien encore dans son sang à elle, qui circule dans les artères, irriguant comme il faut le cerveau et les poumons, la faisant ce qu'elle est, un corps en cet instant un peu lourd, dégageant une vague odeur de parfum et de sueur qui écœure, si on y prend garde. Gina, avec qui elle faisait équipe quand elle travaillait au service aux premiers temps de son embauche, traverse la cour, droit sur elle. Gina avec ses gilets au crochet, mais ça n'est plus la saison, ses cheveux épais, dont les mauvaises langues disent qu'ils sont postiches, ses pieds dont elle vante la petitesse. Gina qu'on n'a jamais appréciée, qu'on feint de ne pas reconnaître quand on la croise en ville. On la voit arriver, l'air important. On jette sa cigarette, on l'écrase d'un coup de talon. On a la bouche sèche. *La Bleue, je me doute qu'on t'a pas avertie.* Ses doigts qui se croisent entrechoquent des bagues. Un filet noir, remarque Marie, lui est resté sous le bracelet de montre. *Ta copine, Nicole Oudot. Nicole Ziane.* On ne sait pas à quel point les choses arrivent, comment elles vous prennent, comment elles vous laissent, sur un parking d'usine, dans une zone industrielle plantée de grillage et de pauvres petits érables du Japon, tout moches, tout juste transplantés de la pépinière. *Le Nordine, y reviendra pas. Paraît qu'il a eu un accident de voiture. En Algérie.* On ne sait pas qu'on suffoque. On ne sait pas qu'on plie. On ne sait pas ce qu'est la fin. Notre corps le sait pour nous. Il cède. On s'est divisée, par le passé, on se divise une fois encore. On ramassera les morceaux. On essaiera de tout replacer dans l'ordre qu'il faut. Mais il restera des fêlures. Des raponces visibles. On ne sera plus la même. On se souviendra surtout de ça : la forte circulation sur la route à côté, la chaleur réverbérée par la tôle, les yeux écarquillés de Gina, ses chaussures de petite fille, de frêles oiseaux gris dans des feuillages rouges.

1975

La première fois, quand on sonne, Marie fait semblant de ne pas entendre. Les enfants chahutent dans le bain. Elle arrange ses cheveux, elle se coiffe, longtemps, au peigne. La locataire du troisième, si elle est venue se plaindre, laissera un mot sur le paillasson, quelques phrases griffonnées sur une feuille jaune, à en-tête Electrolux. Avec on fera un avion, il volera dans le couloir, Raoul courra derrière, la voisine aura beau se boucher les oreilles ses bibelots grelotteront sur ses meubles. La deuxième fois, Marie regarde par l'œilleton. Elle voit Delphine toute déformée, un sourcil plus haut que l'autre, une dissymétrie qui s'annonçait dans l'enfance. *Ça fait longtemps,* constate-t-elle. La dernière fois, c'était chez Lip et elles s'étaient quittées presque brouillées. Elle ouvre la porte. C'est bien Delphine Démoly, comme aux jours de la maison d'enfance, le temps a ainsi la faculté de se replier, de mettre en contact ce 6 décembre 1975 avec ce passé presque oublié où Delphine venait proposer ses jeux, et si la mère ne l'interdisait pas, on prenait à peine le temps de passer un chandail, on empoignait la main de Delphine, on s'en allait en sautillant.

Ses jeans traînent sur le carrelage. Marie reconnaît ses taches de rousseur, ses joues pointues. Maintenant Delphine a de très grosses lunettes à monture plastique qui ne lui servent certainement pas à mieux voir. Elle ne remarque ni les mégots qui flottent dans l'évier, ni le bouquet de fleurs en plastique sur le garde-manger, ni qu'il manque une boucle à l'oreille de Marie. Elle apporte un gâteau marbré qu'il faut débarrasser de son papier d'aluminium. Elle est à Vesoul où son jules, Paul, vient d'emménager, à deux pas d'ici. Elle a retrouvé l'adresse de Marie, préféré faire la surprise. Les enfants avancent jusqu'au seuil pour la regarder. La fillette en pantalon écossais. Le garçonnet aux doigts couverts de traits de couleur. Angèle montre leur jouet. Un sujet féminin en carton fort avec une garde-robe de papier. Elle lui découpe des jupes, des pulls, des salopettes. Raoul s'occupe des imprimés, au feutre. Ils mangent un morceau de marbré. Delphine effleure leurs têtes, les cheveux se prennent dans ses bagues, il faut démêler tout ça avec précaution, ils ne savent pas ce qu'ils préfèrent du gâteau, la vanille ou le chocolat.

Delphine et Marie, ça fait deux ans qu'elles ne se sont pas vues. *Je n'ai pas pu venir à l'enterrement, je m'en suis voulu, tu sais,* dit Delphine en ouvrant ses mains et Marie pourrait répondre qu'elle ne se souvient de rien, qu'elle a dormi depuis, quatre cent quatre-vingt-dix-huit jours exactement. De ce qu'elle a vécu depuis plus d'un an il ne reste rien que l'enveloppe terne de son corps, elle passe sa main dans ses cheveux sales, eh oui maintenant elle a la raie sur le côté. *Alors, l'usine ?* demande Delphine. *Pareil.* Et Marie se mord les lèvres. *Tu sais, j'ai aimé quelqu'un,* ce serait la chose la plus vraie qu'elle pourrait dire, ce serait si fort que Nordine serait presque là, avec ses grands yeux insupportables et son sourire qui se moque, mais au lieu de ça un silence se prolonge qui fait hésiter Delphine, et cette fois peut-être remarque-t-elle les taches blanches sur les ongles de Marie, ses paupières gonflées, les brèches au pourtour des assiettes, un je-ne-sais-quoi de négligé. *Et toi, toujours à fond avec les Lip ?* La question les fait sourire, toutes les deux. Delphine s'est acheté une voiture d'occasion. Elle a vendu des montres, en août 1973, jusque sur la Côte d'Azur. Les montres qui devaient payer les salaires, le temps que l'usine soit de nouveau d'aplomb. Elle y est retournée cet été pour suivre l'arc méditerranéen, depuis l'Italie en direction de l'Espagne. *Je suis partie comme ça. Avec un sac de couchage pour dormir dans la voiture. Une robe que je lavais le soir pour la remettre le matin.* On ne sait pas si elle s'est baignée dans la Méditerranée. Elle ne parle que de la route qu'elle a prise dans les Corbières en soulevant la poussière de montagnes pelées. Ce n'était peut-être qu'un chemin, car ça traversait seulement des vignes, et en écoutant son amie Marie a l'impression d'être avec elle dans la voiture, toutes vitres baissées, l'air trop chaud vous enveloppant d'une odeur de broussailles, avec au loin des ruines, des châteaux de caillasses et cette mer qui n'est qu'un trait dans le rétroviseur. L'endroit que l'on cherche est marqué d'une croix sur la carte mais on tourne un moment, on passe d'un chemin de vigne à un autre, sans croiser personne, c'est le plein midi, sans ombre, la chaleur cause un bourdonnement dans la tête. Et puis d'un coup, au sortir d'un chemin empierré, on déboule dans une cour de ferme. *Une vraie forteresse, aux murs si épais que depuis l'intérieur on n'entendait plus rien.* La maison appartient à un type que Delphine a rencontré au Lavandou, qui écrit des chansons et se dit *communiste révolutionnaire*. Il l'a invitée à séjourner quelques jours. Il y a une belle chambre voûtée, presque sans lumière, où poser ses affaires. On se douche au jet, dans la cour. Le soir, on regarde brûler dans le lointain des feux électriques, Narbonne en une traînée de braises. Delphine apprend que des guetteurs sont installés sur les hauteurs pour surveiller les incendies. L'homme a une vieille compagne, des amis passent, certains s'installent, la maison est accueillante. Avec le chien, Pupuce, Delphine va marauder des abricots dans des vergers que la garrigue a recouverts. Au dîner on taille des tranches épaisses dans un jambon, on regrette que Charles Piaget ne se soit pas présenté aux élections présidentielles, on incrimine Rocard, qui a préféré Mitterrand. *Si je comprends bien, t'étais une vraie héroïne pour eux ?* s'étonne Marie. *Ben oui, t'imagine, une ouvrière de chez Kelton !* Au bout d'une semaine, il faut aller chercher en gare de Narbonne une bande de fêtards. *C'est comme ça que j'ai rencontré Paul.* La prochaine fois Marie viendra chez lui, il bosse à la MJC, comme animateur, il habite vraiment à deux pas, Delphine sera souvent là, les week-ends. On aura l'occasion de se revoir, sans faute.

Marie ne se recouche pas une fois la porte refermée. Elle cherche un mug en verre fumé dans le placard de la cuisine, elle entre dans chaque pièce, elle regarde à travers le verre l'endroit qu'elle habite, dans une légère anamorphose, les objets qu'elle n'a pas tous choisis, certains offerts, d'autres récupérés, le mobilier désuet, ce vase qu'elle n'a pas encore cassé et qu'elle fait glisser tout au bord de l'enfilade, les rideaux motif plumes de paon. Le passé c'est une peau importune. Marie n'aime plus le yucca qui sèche dans la salle à manger, elle lui arrache une à une ses feuilles dures, ça fait des armes pour les enfants, ils abandonnent la couture pour la guerre, les peintures passent des doigts aux joues, on est Sioux, maman est une squaw, on fume le calumet de la paix sous l'embrasse des voilages, le vase finit par basculer dans le Colorado, le temps de balayer les débris les pirogues stationnent dans le Grand Canyon. *Moi je suis Crazy Horse,* fait la fille. *Non c'est moi, c'est moi, maman dis-lui que c'est moi, Quasi Morse,* proteste le garçon. Elles rient de lui toutes les deux, la grande et la petite, il les poursuit dans le couloir, furax. Marie finit par écraser de baisers sa bouche tremblante.

On dirait que t'as pas beaucoup dormi aujourd'hui maman. Ils sont avec elle dans sa chambre, au milieu des chevaux peints sur le papier mural, à l'épicentre de cette vie conjugale si exemplaire, de cet appartement qu'on croirait vitrifié après une guerre, toutes les choses répandues par terre, comme par l'explosion d'une bombe. Elle ramasse quelques vêtements, les enfile sur des cintres, il manque le manteau ciré dans lequel Michel a voulu l'embrasser. Elle l'a laissé faire et puis s'est débattue, sa tête a cogné contre la cloison, elle a perdu connaissance. Le lendemain Michel a roulé le manteau, l'a jeté dans le boyau du vide-ordures, ce qui était sa manière à lui de refuser pour toujours qu'on se souvienne. Mais à présent, où qu'elle regarde, Marie voit comment les mois passés se sont sédimentés en empreintes paniques. Michel a bien cherché à la tirer de là. Il l'a forcée à se lever le dimanche, à revêtir une cape, des gants, une écharpe. Il l'a installée dans la voiture qu'elle n'arrivait plus à conduire. Il l'a emmenée marcher dans la forêt, les enfants couraient devant dans de jolis manteaux rouges, elle s'arrêtait déjà, à bout de forces. *Va voir un docteur,* martelait-il. Et comme elle ne se décidait pas il l'a accompagnée un matin. Deux heures dans la salle d'attente. Elle a feuilleté des numéros de *Paris-Match* avec les dix-sept ans de Caroline de Monaco, la grossesse de Sheila, Anne-Aymone racontant Valéry son mari, Jackie veuve une seconde fois. Le médecin a rassuré Michel. Marie n'allait pas si mal. Peut-être manquait-elle d'un peu de fer. Il a prescrit des gélules, recommandé la viande saignante, frappé d'un coup de tampon la feuille de Sécurité sociale. Michel n'a pas osé l'interrompre, dire qu'elle ne veut plus qu'on la touche ni la regarde ni lui parle. De retour à l'appartement, elle a rempli un verre d'eau, avalé ses médicaments, s'est endormie.

D'innombrables matins, Michel l'a rappelée deux fois, trois fois avant que Marie n'arrive à sortir du lit. Il en reste aujourd'hui une sorte de bourdonnement confus. Sous la table de nuit, elle retrouve le deuxième pendant d'oreille en or émaillé, elle se voit le découdre d'une doublure de manteau d'homme, elle le clippe à son oreille. Les enfants l'aident à retirer les draps et vont remplir la machine, s'emmêlant les pieds dans le tissu. Le lit s'affaisse sur les bords, là où chacun s'étend, Michel du côté de la terre retournée, des nœuds de rivière, des coups qu'on rend, Marie du côté des errances. Parfois la nuit, alors qu'il rêve et dit des choses dans son sommeil, elle se lève et parce qu'elle a froid revêt son manteau le plus épais, celui qui est en bouclette noire, avec un col de fausse fourrure blanche, elle s'assoit sur son bord, les jambes dans le vide, pour un peu elle enfilerait des bottes, mais où est-ce qu'elle irait ? La première lueur du jour restitue les jouets qui jonchent la pièce, quilles, bandes dessinées, automobiles en bois, mallettes, elle ne s'étonne plus d'occuper une chambre d'enfant, elle a pris l'habitude de circuler avec précaution, elle ne glisse plus sur les modèles réduits des bolides, elle se met au lit à sept heures du soir, les enfants dînent avec leur père, sans elle.

L'automne 1974, Michel l'encourageait, *invite donc Nicole.* Le dimanche elle cuisinait des viandes, des légumes racines, des sauces au vin. Nicole arrivait sur le coup de midi. À table, tout convergeait dans le reflet des verres facettés, mais on revenait sans cesse au même visage, à la dérobée, les enfants s'y mettaient aussi, cette Nicole qui avait été excessivement belle, presque effacée à présent, son assiette refroidissant sans qu'elle y touche, la blanquette de veau déchirée, repoussée sur les bords de l'assiette, tandis que Michel tamponnait la sauce à grand renfort de pain, se levant pour déboucher une deuxième bouteille de vin, les laissant seules, en vis-à-vis. *Tu m'excuseras, je n'ai pas très faim.* Les souvenirs remontant soudain, à cause d'une gamine qui demande ce qu'est devenue la robe rouge, l'été qu'il fallait vivre, mais on ne savait pas que c'était le dernier, on savait juste qu'il n'y avait qu'un homme, il fumait trop, il se réveillait de mauvaise humeur, dans ses récits passaient des hivers calfeutrés, les hauteurs enneigées de la Kabylie, des morosités d'enfant qui joue avec des pistolets de bois. Ses doigts avec Nicole faisaient mieux que les siens. Ces dimanches-là, on sortait la nappe brodée, le service du mariage, une saucière, les porte-couteaux. Michel finissait par dire combien il avait aimé Nordine. Il était maladroit. Nicole hochait quand même la tête, Marie partait vers la cuisine. Au lieu de partager la génoise, elle fourrageait dans un tiroir, dénichant quatre, cinq, six bougies, pas trop noircies, pas trop entamées, les piquant sur le gâteau, revenant le gâteau enflammé sur la main, dans les cris de joie et de surprise des enfants, *c'est l'anniversaire de qui ?* Michel dégageant le centre de la table, sans risquer de commentaires. *C'est l'anniversaire de personne.* Juste la vie consumée trop vite et qu'on fêtait, à toute force. *C'est qui qui va souffler maman ?* Tous ensemble penchés en avant, graves, même les grands, à l'heure de prononcer un vœu, même si on ne porterait plus jamais la robe rouge, la cire épandue sur le glaçage au chocolat, la mèche qui flambait encore, *un, deux, trois,* on s'embrassait, on se quittait, on allait s'étendre, Michel occupait les enfants, l'après-midi se terminait dans un demi-sommeil, et ainsi l'hiver, et le printemps, puis l'été.

Avait-elle oublié ses enfants ? *Ils ont grandi,* se rend-elle compte. La fille insondable, maigrichonne. Le garçon inséparable. Quelqu'un a laissé en ordre la cuisine, le couvercle de la boîte à café est vissé. Dans le salon le téléviseur est allumé, il y passe des éléphants, des crocodiles. Une nouvelle plante verte pousse non loin des feuilles de yucca. Sans but, Marie tourne sur elle-même. Il y a trop de buée pour voir à travers les vitres. Les enfants chevauchent les oreillers à travers l'appartement. La machine lave et il faudrait remettre des draps, des taies sur le lit, du linge qui sente la lavande, le sud. Tous les étés ne feraient-ils qu'un ? Marie ne sait plus si ce souvenir où l'on marche pieds nus au soleil dans une robe mouillée dont le tissu colle à la peau, est le sien ou celui de Delphine. Si c'était dans les vignes de Palavas que la Méditerranée inonde parfois, ou dans celles des Corbières où les pierres ont gardé l'empreinte d'animaux marins. *J'irai, moi aussi, j'irai,* dit-elle seulement. Delphine, c'est elle, Marie, même pas maquillée, des peaux de raisin collées sur les dents, et sous les seins cette bande de sueur que vient hérisser un peu d'air.

Michel serait surpris de cette voix convaincue, lui qui ne sait pas que Delphine est venue pour la première fois dans cet appartement où Marie ne reçoit plus personne, apportant avec elle une animation dont il reste quelque chose, comme si le coup d'œil qu'elle a jeté à leur logement, passant rapidement de pièce en pièce, lui avait rendu la vie. Quand même, Marie s'étonne que Delphine ait pu être là, avec sa chemise à fleurs, ses lunettes fantastiques. Est-ce qu'elle n'a pas rêvé ? *Vous avez vu Delphine ?*, finit-elle par demander aux enfants. *Elle est repartie*, répond Angèle. *On pourrait faire un bonhomme de neige*, propose son frère. Ils sortent tous les trois, engoncés dans des anoraks.

Ivan les cueille au pied de l'immeuble, un bouquet de roses à la main, roulé dans du papier cristal. *C'est pour maman*, dit-il, écartant les enfants. Il a maigri, constate-t-elle. Il a guéri, en somme, loin d'elle, tout le temps qu'elle a passé enfermée dans sa chambre. À présent, c'est lui qui vient la voir. Il a de nouveaux traits d'homme, les tempes saillant comme de grosses pierres plates, une mâchoire épaisse, les lèvres gercées, les dents noyées de salive. Ils plantent le bouquet dans la neige. Ils regardent de loin les enfants rouler une grosse tête, et puis un ventre plus gros encore, ils se parlent tout doucement, comme s'il faisait nuit, comme s'il la réveillait. Lui habite maintenant un appartement thérapeutique, travaille dans une pépinière, à Noidans. Il fait grandir des bouleaux, des épicéas. Des jours entiers passent à creuser des trous dans des clairières, à planter les forêts futures, sous le contrôle des gardes de l'ONF dont il envie l'uniforme. Il aime, Ivan, les baraques forestières, les casse-croûtes qui se prolongent lorsqu'il pleut, l'eau qui s'introduit par les planches mal jointoyées, par-dessous les portes, il aime ces naufrages et les talus qu'on suit, au retour, transformés en canaux et reflétant le ciel dans une bande étroite longée sur plusieurs kilomètres. Il ne prend plus qu'un comprimé pour dormir. Retrouve l'apparence d'un guerrier. Le teint rouge, la peau marquée par la couperose, des poches violacées sous les yeux. *Dis-moi,* se souvient-elle, *tu te rappelles des pendants d'oreilles de maman ?* Elle secoue la tête, les boucles brillent soudain, des reliques (la mère les porte un jour de grande communion, et pour la première fois Marie boit une gorgée de vin, l'oncle Albert qui est son parrain froisse un billet dans sa main, elle remarque sa braguette restée ouverte, le pli large que forme sa chemise). Ces boucles, nul ne sait que Marie les a prises lorsque sa mère mourait à l'hôpital. Il suffit de les clipper aux oreilles d'Ivan pour en rire, de tout ça. Il faut dire qu'il a une drôle d'allure, les boucles d'or, les joues pas rasées, le crâne tondu. *Tu vas les garder,* décide-t-elle. Elle rit. Bien sûr qu'il va les vendre. Il vendrait tout. Les dents en or. Les valves qui font battre le cœur. La photographie de l'extrême enfance : Ivan tient la main de son père, Marie est dans les bras de sa mère, le père en costume, la gitane pendante, de gros souliers cirés, la mère si belle, coiffée en bandeaux, la taille soulignée par une large ceinture, une reine vraiment, celle du plus grand désespoir. Marie donnerait aussi les gants à Ivan, si elle se rappelait l'endroit où elle les a rangés. Qui sait si on ne les a pas passés à la mère avant de la descendre en terre, mais de ça Marie n'arrive pas à se souvenir. Elle ne sait même plus très bien si Ivan était là, pour les obsèques. Le père oui. Il avait trop bu, le pantalon d'une propreté douteuse, avec des traînées noirâtres à l'ouverture des poches, et il a trébuché, il est tombé dans l'église, il a fallu l'aider à se relever, lui aurait bien chanté quelque chose, pas des psaumes, non, une chanson qu'on entonne entre hommes, à la fin d'un gueuleton, quand on a tombé la cravate et la chemise. Marie, cette chute à plat ventre ça l'a fait rire et c'est comme ça qu'elle s'est mise à pleurer, ça s'est d'abord emmêlé, le rire et les larmes, la mère et Nordine, l'amour comme impossible, ce qui ne sera plus, Nordine quand il traversait l'usine, son sourire déchirant tout, cette lumière qu'on a trouvée dans le visage d'un homme on peut la chercher en vain toute sa vie, après, qu'est-ce qui reste ? Une voiture qui brûle dans ces étendues de caillasses qui séparent Sétif d'Alger. Ivan aurait pu y rester, à la place de Nordine. Lui qui n'a peut-être jamais fait l'amour, mais qu'est-ce qu'il a bien pu faire ? Les gens en ont raconté des choses sur Ivan, au village, après sa démobilisation. Des choses qu'il valait mieux ne pas entendre, comme il valait mieux ne rien savoir des souvenirs partagés avec ce frère d'armes, comment s'appelait-il déjà ? Rémi, oui, Rémi. Et ce rire de chien qu'ils avaient, ce rire algérien qui rentrait les questions dans la gorge. Marie ne veut pas se voir de ce côté-là, alors elle se tourne vers les enfants. *Vous n'avez pas froid, vous deux ?*, crie-t-elle. Eux se haussent sur la pointe des pieds pour faire des yeux en charbon à leur bonhomme, et de grosses dents de gravier noir, un bâton en guise de nez, une tête penchée, grimaçante. Ce qui reste d'un homme qui a brûlé sur cette terre de Kabylie dont Nordine racontait qu'elle était des montagnes, des villages d'altitude, des sentiers ascensionnels. *C'était comment l'Algérie ?*, jette-t-elle, dans le prolongement de sa pensée, et tout de suite elle regrette. Ivan, maintenant qu'il n'est plus une bulle dans le château des fous, a un visage en cassures. Sur lui, comme avant, tout s'aiguise. La moindre question, la moindre allusion, le moindre regard. *L'Algérie ? Ne me parle pas de l'Algérie*, siffle-t-il, tout près d'elle. *Ne m'en parle jamais, jamais, tu m'entends ?* Elle voudrait s'écarter, mais il la retient par le bras. *Tu me fais peur, tu fais peur à tout le monde. La mère aussi avait peur de toi.* Il rit, mais ses dents grincent, et les boucles à ses oreilles scintillent comme un butin. *Elle avait ses raisons.* Il lui parle dans le cou, c'est chaud comme de la bave. *Toi tu parles de ce que tu ne connais pas, tu devrais te taire, tu manques de pudeur, tu ne crois pas ?* Elle finit par se dégager. Les joues sont rouges, les écharpes trempées, Marie noue la sienne au cou du bonhomme de neige. *Est-ce que tu es retourné à la maison ?* Il hausse les épaules. La maison, il n'y a plus rien à en dire. Quand on passe, le père ronfle dans le lit de Catherine. Albert fait des rondes dans le potager, canarde les moineaux. Dans la cuisine, on glisse sur les feuilles qu'il ramène sous ses bottes. Les armoires ne ferment plus. Le père s'est plaint que des choses aient disparu. *C'est l'Albert,* croit-il, *il me dépouille.* Mais chacun dans son coin, ces deux vieux ne seraient plus rien, alors ils s'accrochent l'un à l'autre, se délabrent à vue d'œil.

C'est l'heure de goûter, constatent les enfants qui en ont marre tout à coup, qui se gèlent. Le temps de monter au quatrième et les boucles ont disparu des oreilles d'Ivan. On se dit qu'on ne les verra plus. Dans le vase, les roses ont des couleurs si fortes qu'il faut les éloigner, les dresser sur une console, les laisser perdre en vivacité, rapidement s'alourdir, dans l'appartement chauffé, virer légèrement, faner déjà.

Et Michel ? demande Ivan. Il est à la chasse, avec Gaby et Simone. Ils rentreront tous les trois, un peu plus tard, des oiseaux en bandoulière. Marie cherche ses mots, ils seront mal choisis, de toute façon. *Je réfléchis à divorcer.* Peut-être : *Je pense au divorce. J'envisage le divorce ?* Les enfants sont du côté des roses, ils copient le bouquet, au crayon de couleur, ils s'entendent bien. Ivan est avec Marie dans la cuisine, ses yeux très pâles on les voit à nouveau, dans le visage amaigri, on leur trouve une intensité intimidante. *Qu'est-ce que tu lui reproches, à ton mari?* Pour répondre, il faudrait commencer par dire qu'avant tout on veut en finir avec soi-même, que divorcer c'est se donner une chance d'être la femme que l'on voit naître autour de soi, en ces années 1970, avec toutes ces nanas qui changent à vue d'œil, comme si être une femme se réinventait maintenant, au risque de se casser la gueule, mais au moins on aura rompu ce lien avec la mère et toutes les mères avant elle, cette mémoire qui vous déterminait, quoi que vous fassiez. On a vingt-cinq ans, huit ans de mariage, noces de coquelicot, trois ans d'usine, noces de froment, et ça devrait durer comme ça jusqu'à la fin de la vie?

– Tu sais, y a un mot, l'overdose.

– Ça c'est pour les drogués. T'es droguée peut-être?

– L'overdose de se tenir à carreau, l'overdose de rester à sa place, d'être bien gentille, l'overdose. Tu comprends? J'ai atteint l'overdose.

Elle s'agite, verse le lait à côté de la casserole, alors Ivan lui prend la bouteille des mains. Il résume, d'une grosse voix irritée: *T'as rien à lui reprocher au Michel et tu veux t'en aller. Et lui, il est d'accord?*

Il ne sait rien encore. Ivan est le premier à qui Marie en parle. Delphine, elle est partie trop vite. Nicole, Marie ne lui confie plus rien. Elles s'évitent, autour des distributeurs à café, dans la cafétéria, sur le parking, dans les allées du supermarché, devant la boulangerie, rue Baron-Bouvier. Elles se reconnaissent de loin. L'une à sa marche précipitée, au regard qu'elle fixe légèrement au-dessus de votre épaule. L'autre aux enfants dans le sillage desquels elle court, à ses cheveux qui ont une fois encore changé de couleur, acajou et permanentés. *T'as la coupe afro,* la raille Vanderkam, le chef qui l'a à la bonne, malgré tout, qui fait de l'humour en passant devant les tables, il contrôle la soudure des sachets, il achète des cochons en pain d'épice à la foire de la Sainte-Catherine aux trois célibataires de l'équipe qui auront vingt-cinq ans dans l'année, il fait péter une bouteille de cidre, il chambre tout le monde, c'est un jovial. Marie porte haut sa tignasse crêpée, elle agite la tête dans tous les sens, une vraie citrouille, qui cogne partout, des cheveux impossibles à démêler, même au peigne fourche, elle épointe aux ciseaux, elle a des tifs pas possibles, saccagés, le coiffeur les coupe à ras, elle se découvre un étroit visage de musaraigne. Michel ne s'habitue pas à la voir comme ça. Delphine lui a trouvé un air plus mûr.

Divorcer. Tu serais bien la première, remarque Ivan. Comme les petits, ils boivent un chocolat. Marie a une moustache. Ivan, du lait sur le menton. *Tu t'en sortirais ? Financièrement ?* Le tout, c'est de garder les enfants. Pour ça, il ne faut rien précipiter. Ne pas abandonner le domicile conjugal, comme sa voisine d'atelier, Nadine. Maintenant, elle voit ses filles un samedi, un dimanche. Elle broie du noir. Elle sera patiente, Marie. Elle convaincra Michel. *Ils ont fait passer une loi, tu sais, sur le consentement mutuel.* Ivan hausse les épaules. Il n'a pas voté en 1974. Giscard, il ne voit pas qui c'est. Il en est resté à De Gaulle, Couve de Murville, Jeanneney. Le gouvernement d'il y a cinq ans.

Marie replonge le nez dans son bol. Le mot *divorce* a fait son effet et se dissipe. Il reviendra dans des conversations. On s'habituera à lui, progressivement. Pour l'heure il ne change rien. C'est un mot isolé. Un oreiller de plus pour la tête de Marie. Engourdie, elle propose d'aller s'étendre un moment, sur le lit, tous ensemble, en attendant les chasseurs. Les enfants les précèdent, étalent leurs dessins. On s'allonge sur des roses. Le plus petit réclame une histoire. On chuchote quelque chose. Les mots se perdent, les pétales, les flocons.

On est dans l'entame d'un rêve atroce, on ne sait pas qui on embrasse, de Nordine ou de la mère, on n'ose pas ouvrir les yeux, les lèvres sous les nôtres sont douces, à peine salées, elles feraient perdre la raison. On roule sur le côté, on bute sur Ivan. Il est sanglé dans une chemise rouge. Ses poches sont remplies de poudre à fusil. Si on lui gratte le dos, on ramènera des plumes, de la laine de lièvre, des chatons. Le lit grouille à cause de lui. Des chiens jappent autour, bizarrement étranglés. Ces abois réveillent Marie. Depuis le seuil, Michel les regarde, Gaby, Simone. Pas encore défaits de leurs vestes matelassées, leurs casquettes fourrées enfoncées sur les oreilles. *On s'est endormis. Le chocolat,* bafouille-t-elle.

Les grands retournent dans la cuisine. Ivan et Marie ont les joues colorées par les dessins d'enfants. Les autres ont pris l'onglée sur les pentes vosgiennes, ils racontent leurs doigts à vif, le froid redoutable des creux, les sangliers bourrant les buissons, le coup de fusil. Ils apportent, roulées dans du journal, des pièces de viande dont le sang s'échappe encore. Le papier à peine déplié, c'est comme s'il coulait partout dans la cuisine. Il y en a sur la table, sur le carrelage, sur les carreaux de faïence qui couronnent l'évier, dans les pas des enfants qui courent en tous sens. Simone prend les choses en main. Elle détache les côtes de sanglier à grands coups de feuille, elle les tourne dans la poêle. Elle réclame du poivre, des échalotes, le cœur de l'animal. La cuisine est trop exiguë pour les contenir tous. Les hommes s'installent à table dans la salle à manger. Ivan avec les deux autres, une scène miraculeuse, si on veut bien y réfléchir, et Marie en a presque le souffle coupé, de ce frère qui revient de loin, dont le poids fait grincer légèrement la chaise, mais il est juste massif, comme sont les Zedet. Il prend une gitane dans le paquet que lui tend Michel. Il garde longtemps la fumée et quand il la relâche c'est en tordant légèrement les lèvres, une mimique ancienne, d'avant l'hôpital psychiatrique, d'avant même l'Algérie, on pourrait croire que la vie ne s'est jamais brisée.

Dis donc, c'est qu'elle a encore grandi Adèle. Dans la cuisine, Simone appuie ses hanches sèches contre le radiateur. Sa maigreur récente s'accompagne de nervosité. Elle porte la culotte comme une cravache, le cheveu court, blond platine, les paupières kaki. *Angèle,* la reprend Marie. *Ce prénom, je ne m'y ferai jamais,* constate l'autre, sans qu'on puisse discerner dans son expression à quel point elle se moque. Marie a perdu l'habitude de ses railleries. *Je ne te vois plus,* remarque-t-elle, sans y mettre de regret ni de soulagement. Elle ne fait pas bon camarade, Simone. Elle fait vamp des bois, bien qu'il ne lui reste guère de cheveux, le cuir chevelu rongé à l'eau oxygénée, les mèches passées au fer, bouclées une à une, on peut les compter. Le dimanche, elle se lève tôt pour chasser. Elle a acheté d'occasion un Sagittaire de Verney-Carron, avec une crosse en noyer, une arme onéreuse, qu'on lui jalouse. Le jour de l'ouverture, on la poste au débouché d'une sommière. Elle abat son premier chevreuil, un mâle de quatre ans, d'une seule balle. *Ma foi,* grommelle Gaby, *c'est pas mal tiré.* Lui est tout en barbaque, le ventre proéminent, le cou gras. L'animal est couché sur une table, sous l'ampoule nue d'un garage. Encore revêtu de sa peau, son sang poissant tout, sa tête qu'on redresse en la tirant par les bois, dans ses yeux encore ouverts passent des reflets de lampe électrique. Gaby partage les morceaux. Le foie et le cœur pour le tireur. *La chasseresse !* rient les autres, *chasseuse de mes fesses !* Elle entre le poing dans la bidoche, la bête chaude encore, pour les faire taire.

Quand elle raconte, Simone fait de grands gestes, une pantomime furieuse, flippante, qui tranche avec ses gémissements. *J'essaie de faire quelque chose de ma vie, mais ça, tu peux pas comprendre, toi t'as tes gosses, moi j'ai rien, le Gaby, le guichet, rien à déclarer.* Le village où elle a le bourdon. Ses vêtements qu'elle distribue après les avoir portés. Les armoires vides de sa maison de Bavans, quelques photographies encadrées – l'une où elle pose avec Marie sur la plage, enfouies dans le sable jusqu'à la taille, sceptre en plastique au poing, ça date de 1971, des vacances au Grau-du-Roi, qu'est-ce qu'on a bien vécu, cette année-là ! –, les poupées folkloriques en costumes d'Arles, de Nice, de Fréjus sur le buffet de la salle à manger, le Sagittaire accroché au mur, dans l'entrée. *Au moins, à la mairie, je vois du monde. Les gens de Montbéliard, je les ai tous vus, je crois bien, un par un. Je connais leurs gueules d'amour, leurs figures d'enterrement, le prénom de leurs enfants.* Elle tient indifféremment le registre des naissances et celui des décès, d'une écriture régulière qui lui a valu cet office. *Mais chez moi, je te dirai que c'est pas une vie.*

Elle s'interrompt parce que Michel leur apporte un apéritif, dans deux petits verres, ça fait rougir Marie, ces verres miniatures, les roses peintes à la main, ça la ramène à la chambre d'enfant dans la maison de Bavans, aux folies de Simone, au jeu de la maman qu'elles ont contrefait, une fois, deux, elle avale de travers, elle tousse, appuyée à la fenêtre, dans cette cuisine étouffante. *Je fumerais bien une gitane, moi !* s'exclame Simone. Michel a son paquet dans la poche. Après, Simone s'agite au-dessus de la poêle fumante, sans lâcher sa clope, et Marie s'imagine qu'ils mangeront des cendres avec la viande, des rognures infimes tombées des ongles, des cheveux, de la peau irritée des ailes du nez, des fragments microscopiques mais qui sont quand même le corps de Simone dont on voit bien qu'elle se consume, peu à peu, une femme qui vit à perte, qui brûle en direct. On ne peut pas se défaire d'elle, de ses obsessions, de ses plaintes. On la connaît par cœur. On ne peut s'empêcher de la détester ni de lui pardonner, tout.

Pendant le repas, Simone rit, très haut. Elle boit, coup sur coup, trois verres de vin. Il y a un cendrier, pour elle, sur la table. Elle est belle, à sa manière. Peut-être parce que la lumière, la fumée l'entourent d'un halo. Ou bien c'est cette faculté qu'elle a parfois, d'une présence comme une hallucination. On en oublie les minuscules cratères sur ses joues, cicatrices d'une acné sévère. Et ses sourcils clairsemés qu'elle doit renforcer, au crayon. Elle a retiré son pull. On voit ses épaules nues, deux petits bleus très rapprochés sous le biceps, et sur le poignet un nom qu'elle a écrit, au Bic, en faisant serment de ne plus se tromper. *Angèle*. Sur la console, les roses ont commencé à abandonner leurs pétales d'un jaune épais, comme peint à la gouache. Entre Ivan et Michel, Marie ne touche pas à son assiette. Pendant que les autres mangent, relatant, à grandes exclamations, leur partie de chasse, elle regarde les fenêtres illuminées des tours, en face. Sûrement Delphine est derrière l'une d'elles. Aussi sûrement elle reviendra, comme revient l'envie de vivre, quoi qu'on ait perdu.

1976

La tente plutôt vaste, avec deux chambres, plantée sous un pin parasol. Sur le sable, il n'a pas été facile d'arrimer la toile. *Elle va pas s'envoler ?* demande Raoul quand le vent se lève. Marie fixe les dents de sa fourchette. C'est le premier dîner des vacances, sur la table pliante, vaisselle en polypropylène, une baguette toute molle achetée sous Cellophane dans la supérette du camping et des pâtes à la sauce tomate parce qu'on n'a pas eu le cœur à préparer un vrai repas, après toutes ces heures de route. Simone se dévoue, donne quelques coups de maillet supplémentaires. Debout sur son siège de toile, Raoul se contorsionne pour ne pas perdre l'équilibre. Angèle fait la gueule, comme d'hab. Ça suffit pour se dire que c'est déjà un fiasco, ces vacances. On aurait dû insister davantage pour que Michel nous accompagne, au lieu qu'il retape la bicoque pourrie que son frère a achetée avec une pièce d'eau, pas loin de Faucogney-et-la-Mer, sur le plateau des mille étangs, tout près de ces Vosges qu'ils aiment, qui font un horizon noir quand on observe le balbuzard, le héron cendré, tous ces oiseaux qu'on accuse de ruiner les piscicultures et qu'on voudrait descendre. On aurait dû, surtout, écarter Simone à toute force quand elle a envisagé ces vacances *entre femmes*, comme elle dit, *avec les enfants*, comme elle ajoute avec un air matois, et elle fait gaffe, du coup, elle dit *Angèle*, sa langue ne fourche plus. On a accepté connement, par commodité, parce que Simone au moins elle a sa voiture et qu'elle peut emmener toute une smala jusqu'à La Palmyre. Et là, on en a pour trois semaines.

Des anges passent. Angèle met fin au malaise en allumant son transistor à calandre chromée, un cadeau que lui a fait Simone quelques jours avant le départ, manière peut-être de s'attacher la gamine, et c'est si réussi qu'une fois le bolduc arraché et l'objet sorti du carton d'emballage, on voit Angèle sourire, ce qui creuse son petit menton fendu d'une fossette et la fait ressembler à Michel. Maintenant on a la musique disco, on se prépare à un été insomniaque, il y a urgence à tout vivre, à surtout tout oublier. Les enfants bondissent en reconnaissant Gloria Gaynor. Une pomme de pin fait un micro acceptable. Ils se trémoussent, légers, dorés. Ils baragouinent quelque chose qui ressemble à de premiers mots en anglais. Ils ne savent rien des chansons d'amour. Ils ne savent rien des rêves de leur mère ni de ses doutes. La fille dont les seins vont naître sous des tee-shirts d'enfant. Le garçon aérien, aux bras costauds déjà. Enchaîner sur un concours de roues. Culotte blanche. Short orange. *Moi, moi,* gesticule Raoul, réclamant son tour. Sa sœur se meut en silence, gracieuse, acrobatique. Il finit par faire comme les autres, s'asseoir pour la regarder. C'est le corps d'une fille de huit ans, modelé par l'apprentissage de la danse. Marie rompt le charme, claque sèchement ses mains, *enfilez vos pyjamas.*

Dès le début, elle s'est révélée tracassière. Au moment de fixer l'heure du départ, lorsqu'il a fallu hisser les bagages sur la galerie de la voiture, opter définitivement pour un itinéraire, claquer les ultimes bises. Delphine a débarqué à la dernière minute sur le parking. Elle revenait de Besançon, de Lip à nouveau en dépôt de bilan, à nouveau occupée, mais on n'a pas fini de lutter contre la fin des usines, ça ne fait même que commencer. Alors que Michel et Marie arrimaient les valises à l'aide de tendeurs, appuyée au capot de la voiture qui ronronnait déjà, Delphine leur a montré un tract. Un homme en casquette, au menton carré, levait ses bras menottés et brisait ses chaînes. Maintenant Delphine crie *Non à la valse des emplois,* comme elle a crié trois ans plus tôt *Lip aux travailleurs, Messmer démission.* Elle a beau porter des robes à fleurs, elle n'est pas vraiment peace & love. En janvier, elle a adhéré à la CFDT. Elle parle de pouvoir d'achat. Elle parle du danger de bosser la tête ailleurs. Elle parle des accidents du travail, des débraiements, des fiches de paie qui arrivent parfois barrées d'une ligne manuscrite, *pour solde de tout compte,* de la barre du million de chômeurs qu'on vient d'atteindre, pour la première fois. *On y passera tous,* fait Michel. Il est d'humeur sombre. *Vous n'allez pas nous ruiner le moral, vous deux !* ronchonne Simone qui est en beauté, robe cache-cœur noire et serre-tête assorti. Delphine cale le feuillet sous la barre d'un essuie-glace. Au bout de quelques kilomètres, Simone l'arrachera. Ils lui portent sur les nerfs, tous ces prolos.

Marie a pris l'habitude de retrouver Delphine chez Paul. Courte barbe blonde, lunettes à épaisse monture, il vit dans un appartement encombré de bouquins, de 33 tours. Rien n'est rangé, comme chez Marie, mais lui s'en tape. Il augmente des piles instables, pariant avec Raoul un ourson guimauve qu'il peut ajouter trois exemplaires de la Série noire, bien sûr tout s'écroule, Raoul se marre, Paul aussi.

Il sait des chansons, Paul. Sur sa guitare il joue un air de Leonard Cohen. *J'ai repris mon âme,* répète Raoul, après lui. Il fait la conversation allongé sur un sofa, ses pieds dépassent, en chaussettes roses et vertes, il fume, la tête renversée, parle de faire venir Jacques Bertin à Vesoul, voudrait que Marie lise Angela Davis, mais il fourrage en vain dans sa bibliothèque. Il perd tout. Chez lui, dans toute discussion, le mot *protestation* revient comme un leitmotiv, c'est un mot inventé pour les années 1970, comme *libération, révolution, contestation.*

Il y a toujours une main pour replacer le saphir au début d'un morceau. *Light my fire* est interminable. Ils aiment aussi The Isley Brothers, Cannonball Adderley. Marie plane tandis que Michel développe le goût des battues. Lui possède ce qu'on abandonnerait sans regret: les forêts enracinées avant l'homme, les animaux qu'on frôle de si près qu'on croit leur ressembler. Aux repas, ils se retrouvent tous les quatre. Ils n'ont pas que des silences. Ils rient des mêmes bêtises. Ils font des batailles de coussins, renversent les chaises, les plantes vertes. Des gosses. Parfois, ils se disputent en chœur, les enfants unis autour de leur père, jusqu'à ce que Marie claque la porte. Mais il reste ce qu'on est la nuit, quand on se tourne vers lui, dans l'appel des corps, ce qu'on sait de la douceur qu'il peut avoir, lui, quand il nous tire vers son ventre, on est un torse sur lequel rampent ses doigts, il y a juste assez de lumière pour éclairer ses yeux, on tire de ces étreintes une traînée d'images, elles sont le versant secret de notre histoire. Il faut les oublier pour dire à Delphine *je finirai par divorcer.* On s'étonne à demi-mot de cette sensualité qu'on a retrouvée avec Michel et qui nous contredit.

Au matin du départ en vacances, au moment même de se quitter, Delphine défait le modèle TV qu'elle porte et le referme sur le poignet de Marie. Une petite pendule rectangulaire montée sur un bracelet en cuir blanc. *Elle vaut cher cette montre-là,* fait Simone un peu plus tard, *tu ferais mieux de la garder dans ta valise.* Michel, lui, a ri : *Eh ben comme ça, tu sauras l'heure, tu n'oublieras pas de revenir.* C'est une montre étanche. Marie ira sous l'eau regarder le mouvement des aiguilles. Elle n'est pas sûre que ce cadeau lui donne une chance. Peut-être seulement le goût de l'utopie.

En attendant, sur la plage, elle est à côté de la plaque. Elle veut prendre Raoul dans ses bras pour l'emmener avec elle dans la mer. *Je suis grand,* fait-il. Il s'enfuit du côté du sable qui brûle, s'enfonce dans les dunes. Elle dit à Angèle, *va donc aux balançoires. Je ne suis plus une petite fille,* rétorque la môme. Angèle porte une robe rose brodée d'arabesques noires. On ne sait pas si elle est belle. Elle a pris ce qu'il y avait de plus grand, les yeux de sa mère, la bouche de son père. Le premier jour, elle refuse de passer un maillot de bain. Elle se promène au ras de l'eau, intransigeante et nostalgique. Elle garde quelque chose de la robe rouge, du bord de la rivière, de l'été de Nordine. Le deuxième jour, dans son une-pièce léopard, elle se fait des copines. On ne la voit plus que par intermittence, les hanches osseuses, le ventre creux. Elle disparaît dans les jeux d'une petite bande, elle roule dans les vagues à en avoir froid, elle ne transige pas. *Tu me gâches les vacances,* jette Marie quand elle la voit revenir, presque bleue, dans les bras d'un secouriste. *Vous êtes inconsciente !,* lance l'homme. Il dit qu'il faut surveiller les enfants, ne pas les laisser partir seuls dans l'océan. La mer ici emporte les imprudents. Angèle coule vers lui un dernier regard avant qu'il ne reparte, bâti de jambes fortes, d'épaules larges, les cheveux frisant sur la nuque. *Sale petite chipie,* fait Marie entre ses dents. La gamine pleure sur le sable. Marie va se défouler dans l'eau le temps que Simone réconforte les enfants, achète des glaces au marchand ambulant. *Je veux mon papa,* hoquette la môme. Simone la console, le visage luisant d'huile solaire, les yeux dissimulés sous des lunettes en ailes de papillon. Raoul lui propose de l'aider à finir sa glace qui dégouline à grands traits crémeux sur ses cuisses. *Va rêver,* lui jette sa sœur. Ressuscitée, elle s'empare d'un cerceau. Jusqu'au soir elle parade, fait son cirque. Il lui manque des barres asymétriques. Elle se prend pour Comaneci. Marie se tend sur la serviette. *Tu restes dans la chambre,* décide-t-elle quand ils arrivent au camping. Elle remonte la fermeture Éclair. Angèle appuie ses mains sur la cloison de tissu. On voit sa bouche s'ouvrir et se refermer. Raoul est consigné sous l'auvent. *Le plus peur c'est moi,* assène-t-il. À côté de lui, Simone ne pipe mot. Marie finit par leur servir à tous les trois une platée de spaghettis.

Seule à seule, les deux femmes, l'une dirait *maman,* l'autre perdrait les pédales. Ça recommencerait, ce jeu équivoque où l'on ne sait plus qui on est. Mais Marie partage la chambre des enfants. Ils dorment tous les trois sur un gros matelas qu'il faut regonfler tous les deux jours. Simone s'agite sans fin dans des nuits étouffantes. L'été dont elle a rêvé n'aura pas lieu. Il reste le monoï, les bains de soleil. Elles noircissent à vue d'œil. Le corps qu'elles ont à présent on ne peut pas penser qu'il est celui d'une ouvrière, d'une employée de mairie. Il appartient à ce bout de plage où l'on crèverait de chaleur s'il n'y avait l'ombre des parasols.

Elles décident d'aller jusqu'à Royan dîner de coquillages. Elles tiennent les enfants fermement par la main. La foule des vacanciers les porte de gargote en manège. On les refuse partout. Les terrasses débordent de monde, les plateaux de pinces de langoustines, les pichets de vins du Languedoc. Simone offre un tour de carrousel. Le manège tourne dans une torpeur extrême. Les enfants s'endorment à la bride des chevaux. Simone à côté des attelages azurins a l'air d'une négresse. Elle a été enceinte cinq mois durant l'hiver. *Je remplis les cimetières,* dit-elle. En réalité le corps a été enfoui dans le jardin, avec le placenta. *C'était une fille,* a dit le médecin réapparu le lendemain. Simone a fait graver une fine gourmette d'un prénom, Gabrielle. Elle la porte au poignet droit, sous des bracelets de verroterie. Elle ne la quitte plus. *À force elle va se rompre, tu la perdras au milieu des vagues,* prédit Marie. L'été passe sans casser la chaîne. Le métal simplement perd rapidement de son éclat, prend un ton d'amadou. Simone frotte la plaque gravée d'un bout de chiffon imbibé de salive sans lui restituer son lustre. *Tu vas l'effacer,* s'inquiète Raoul. *Mais non.* Déjà, on ne peut plus lire les dernières lettres.

Elles aimeraient, les deux femmes, être la fille légère qui gambade avec elles et qu'aucune réprimande n'entame. Simone finit par choisir son camp. Elle creuse des tunnels dans le sable, elle passe ses journées une pelle en plastique à la main, Angèle se laisse recouvrir de sable, Marie fait un Polaroïd : tête rieuse de gosse émergeant du sol, jambes nues de la tante, on devine un ventre, le tronc calciné, la chevelure flambée sont hors-champ, le hasard a voulu qu'un seau rouge fasse pile le centre de l'image, Simone le présente comme un ostensoir.

Les laissant jouer, Marie va faire des courses. Elle déambule dans les rayons réfrigérés du supermarché. Parmi les gens qu'elle croise, tous ne s'affairent pas, loin s'en faut. Elle soupçonne que certains viennent uniquement fuir la canicule. Ils examinent les étiquettes, une à une, contemplent les monceaux de poissons, ils plongeraient leurs bras dans les bancs de glace, s'ils osaient, une vendeuse surveille tout ça, l'air revêche. Marie repart avec des filets de cabillaud. Sur le parking tous ont l'air égarés. Il fait plus de 50 °C dans les voitures. Les commissions que Marie met dans la Dauphine fondent avec une odeur de marée. La route tremble, le ciel fume, les arbres meurent. Les yeux plissés, Marie essaie de se concentrer sur la conduite, malgré les papiers volants qui viennent se plaquer sur le pare-brise, imprimant sur sa rétine, en lettres volumineuses, toutes sortes de promotions. Des étalages en contrebas de la chaussée proposent des marchandises. Ballons, bouées, radeaux. Filets, épuisettes. Moulins à vent. Une poussière jaune recouvre uniformément tout. Les camelots s'enroulent le visage dans des écharpes. La ballerine suspendue au rétroviseur écarte les jambes. Marie cale à deux reprises avant de trouver l'entrée du camping. Elle roule encore cinq minutes au milieu des pins. On craint l'incendie. Un veilleur fait des rondes. Les arbres sont en rangs d'allumettes. On n'en voit pas la fin. Au passage, dans la cabine téléphonique, Marie aperçoit Angèle. Simone et Raoul ne sont pas loin. Raoul court derrière la voiture, fait escorte.

Angèle parle avec son père, tous les jours, quand il revient de son chantier, le chalet qu'il retape avec Gaby et qu'ils loueront cet hiver à des pêcheurs du dimanche. Elle a des coquillages incrustés entre les doigts de pied et s'est fait une légère entorse en roulant avec une grosse vague. Lui a plongé, tête la première, dans les eaux douces de l'étang et ramené une perche qu'on a fait griller au feu de bois tout en clouant des planches et s'exerçant à imiter le cri de la bécasse. Angèle répète *je t'aime papa* avec ferveur, à trois, quatre reprises, les dernières secondes de la communication. Ensuite elle boitille au bras de Simone, déterre des douilles au pied des arbres. Elle est très fière de sa cheville bandée. On ne peut plus lui parler. Elle laisse derrière elle des tutus bouchonnés, des barrettes fantaisie serties de cristal, des fleurs en perles. Ces joailleries donnent lieu à de belles escarmouches. On attend qu'Angèle ait rassemblé ses falbalas, tout tassé dans une petite valise, et puis on attend qu'elle arrête de chipoter, qu'elle termine son assiette. *Je ne peux plus la voir,* conclut Marie. Simone propose d'aller à la kermesse d'un village côtier. *Vas-y, toi. Emmène la gosse,* répond Marie. Le garçon proteste qu'il veut les accompagner, mais deux cernes symétriques marquent profondément ses joues. *Tu iras te coucher de bonne heure,* décide sa mère.

Sur ses genoux, l'enfant aimé. La pétroleuse s'éloigne avec Simone. La grande est l'ombre. Les portières de la Dauphine s'ouvrent, se ferment, battent vaguement l'air. Angèle ne se retourne pas. S'il y a des étoiles, elles sont masquées par les arbres. Des papillons s'abattent avec la nuit. Le sol blanchit en quelques secondes. La voiture s'en va sur cette nappe de phosphore. Transportée comme une reine, Angèle a obtenu de se colorer les lèvres d'un peu de rouge. Elle tente de s'admirer dans le rétroviseur. Mais à la place de son visage, elle voit les ailes effilochées des papillons sur la lunette arrière, le cœur blanc de la nuit.

Elles ont filé, constate Raoul. Pas de voisins qui trinquent. Ils sont les seuls campeurs. Les autres sont à la fête ou cherchent un peu de fraîcheur sur les plages. L'obscurité impressionne. Elle révèle des mouvements d'oiseaux, de grands nocturnes se déplacent avec douceur, des branches rompent. L'enfant endormi, Marie fait quelques pas. Seules brillent la lampe à gaz devant la tente, les veilleuses du bloc sanitaire, l'extrémité de sa cigarette. Pour le reste, des contours, les toiles qu'on devine, remplies du peu de brise, gonflées en gros ventres mous qui lâchent des soupirs et s'emplissent lentement de sable. Le tracé tarabiscoté des sentiers épouse au plus près le morcellement des emplacements. Les meilleurs laissent entrevoir la lisière de la pinède, l'océan. Marie, si elle y voyait, irait bien jusque-là.

Attention avec votre cigarette. Le veilleur. Marie ne l'a pas vu approcher. *Il suffit d'une braise.* Un ancien marin, barbu, en tee-shirt rouge. Il complète sa retraite en surveillant le camping en été, des villas en hiver, l'entrepôt d'un antiquaire. Il n'est pas à la fête, l'œil sur les brindilles. Il traque les éclats de verre, les bouteilles jetées depuis les automobiles. Il parle des miroirs d'Archimède à qui veut l'entendre, du siège de Syracuse, de la flotte romaine enflammée par des reflets de soleil. Raoul croit qu'il ne dort jamais et se sauve en courant lorsqu'il reconnaît de loin son pas de géant. *Ce n'est pas une bonne nuit,* poursuit-il. *Ça pourrait prendre n'importe où. Votre mégot par exemple.* Il a pris en horreur les fumeurs, les amateurs de viande grillée, ceux qui entreposent des sacs de charbon de bois sous l'auvent de leur tente, les enfants qui jouent avec des allumettes, les campeurs. Dans ses cauchemars tout le monde brûle. L'après-midi, entre deux rondes, il somnole à la réception, servi d'une bière bien fraîche, en suivant à la radio le dénombrement des incendies. La France brûle. Le soleil, on a l'impression de l'avoir sous les pieds. Il n'est pas tombé une goutte d'eau depuis des mois. *Ça va mal finir, cette sécheresse,* conclut l'homme. Il repart comme il est venu, les épaules à la hauteur des premières branches. La nuit de nouveau se réduit à ce que l'on discerne, tout près de soi, autour de la lampe à gaz. La petite table pliante, au plateau bleu. La toile de la tente avec sa fermeture à glissière. Pour s'allonger sur le matelas, Marie doit replier le bras de Raoul. La rumeur de l'océan a quelque chose d'un départ de feu.

Elle est réveillée par des phares de voiture, des portières qui claquent, quelqu'un court, se glisse sans précaution sous la tente. C'est Simone. À deux pas, un gendarme. Angèle a disparu dans la fête. *Disparu,* c'est le mot de Simone. Elle fait des phrases dans lesquelles elle-même ne figure pas, elle s'exprime à la troisième personne, au singulier, au pluriel, on ne sait pas de qui elle parle, combien ils sont. *Ils* ont cherché l'enfant partout. *Ils* ont fini par prévenir la gendarmerie. Des hommes ont été envoyés du côté de l'océan. *Ils* espéraient qu'*elle* soit revenue au camping par ses propres moyens, après tout ça n'est pas impossible, cinq kilomètres, à pied.

Marie est tellement sonnée qu'elle ne dit rien. Elle a comme un flash l'image d'Angèle toute seule dans la pinède, longeant les grilles obscures du zoo derrière lesquelles rôdent guépards, rhinocéros. Ses pieds sont nus, la bande autour de sa cheville s'est distendue. Tout est tellement obscur qu'elle s'est mise à quatre pattes pour se déplacer. C'est une enfant trop maligne pour se perdre, se dit Marie. Mais comme dans un coup de fièvre elle se met à frissonner. *On va la retrouver,* promet le képi. Il est jeune, un gamin aux joues rongées d'acné, ça doit être sa première année, un apprenti, une bleusaille. Mais elle le croit. Oui elle le croit.

Au village, les vacanciers se pressaient autour des attractions. Angèle a disparu derrière une énorme boule de barbe à papa. Simone d'abord l'a cherchée dans les calèches du manège, sur les stands de tir, dans des avalanches de peluches. Elle a parlé de sa nièce à tous ceux qu'elle croisait, la fête s'est doublée d'une chasse à l'enfant, partout on a crié son nom, les forains ont sondé leurs murs de tigres et de lionceaux en rechargeant les carabines.

En moins de deux, Marie est assise dans la 4L de la gendarmerie, son garçon dans les bras. Ils roulent vers le village, le regard braqué sur les fossés. Elle s'interdit de penser aux enfants qui disparaissent et qu'on ne revoit jamais. Le village est gentil avec ses roses trémières, ses modestes maisons blanches, sa place de l'église. *Pourquoi elle pleure, tata Simone ?* demande le fils. Marie ne répond pas.

Plusieurs équipes, plusieurs directions. Les traqueurs ont pour préférence les replis de la terre et du sable, les ornières profondes, les encorbellements de ronces. Une photographie circule de main en main. Elle date déjà, 1974. Angèle est en jupe en jean, marcel vert, le cheveu court. Pour la première fois Marie note combien ses épaules sont vigoureuses. Son sourire ne monte jamais jusqu'aux yeux. Il reste contenu autour des dents. Est-ce qu'elle aurait manifesté quelque chose d'anormal ? Est-ce qu'elle aurait pu partir d'elle-même, sans que quelqu'un la choisisse et l'emporte ? Le lien le plus fort n'est pas celui qu'on croit. Marie parle du père, des cabines téléphoniques. *Il faut que vous appeliez votre mari,* décide le brigadier. On la mène jusqu'à la gendarmerie. Des bureaux métalliques, la photo officielle de Giscard sur fond bleu, blanc, rouge, une horloge au mur, trois heures quinze. Le téléphone sonne dans le vide. Le jeune gendarme, toujours le même, détourne le regard, gêné. Dans la pièce voisine, on interroge Simone. Marie reconnaît les phrases qu'elle utilise, mot pour mot, déjà apprises. Un endroit où aller ? Marie ne voit pas. Un individu au comportement suspect ? Non plus. Elle décrit de nouveau la robe, la bande froncée sur la poitrine, le motif du tissu : un village de cases, de hautes femmes torse nu, de dos, une rivière emplie d'hippopotames, une pirogue vide qui dérive. Une robe qu'elle a achetée elle-même, sur le marché de Vesoul, pour son aspect crayonné, ses couleurs gris, jaune et vert pâle, son exotisme, sans voir qu'elle présageait des malheurs. *Je m'en veux,* énonce-t-elle, distinctement. *On va la retrouver,* promet le brigadier. Les poils durs de sa moustache sont comme des aiguilles de pin.

Les sandales de Simone claquent doucement sur le carrelage. Ses jambes, ses bras, son cou sont zébrés de griffures, du sang a séché sur son mollet. Elle a fouillé les buissons, les bosquets. Elle s'est enfoncée dans des jardins à l'abandon. Elle s'assoit dans une encoignure. Raoul s'est endormi, allongé sur un banc. Les hommes qui passent le reconnaissent comme l'un des leurs et lui caressent les cheveux. Le brigadier revient, les mains pleines. Une barrette décorée d'oiseaux en Celluloïd ? Non. Un sac en satin rose avec une longue bride ? Non. Une tong verte ? Non. Un papillon dont les ailes de plastique battent à la pointe d'une longue tige ? Non. *Si,* fait Simone. Ce papillon, Simone l'a acheté à Angèle en arrivant sur la fête. La petite l'a promené toute la soirée. Simone retrouve la mémoire. De sa poche, elle sort une photographie qu'elle a obtenue au tir forain. Simone en chasseresse togolaise, les cheveux hérissés en antennes autour de la tête, l'arme bien calée sur la clavicule, le bronzage uniforme. Un grand papillon vole dans son dos. Masquée à demi, une fille fixe gravement l'objectif. Derrière encore, un rang de curieux en shorts, canettes de bière aux poings. Le brigadier s'empare du cliché, furieux. Simone se recroqueville à nouveau. Dans le couloir, on crie, on court. Marie promène le papillon le long des murs. Elle s'efforce de marcher comme une fille de huit ans. Avec le pas, lui viendront les pensées, croit-elle. Une intuition de l'endroit où chercher. Peut-être dans la forêt. Alors il faudrait faire comme le veilleur qui traque les incendies, appuyer la clarté d'une torche sur chaque tronc, un arbre pourrait être une petite fille, c'est une enfant qui se tient très droite, depuis toujours, ses cheveux ont la couleur d'une écorce de chêne, ses yeux celle de la fougère. Mais il lui revient surtout le bonheur d'Angèle dans les bras du sauveteur, le deuxième jour des vacances. Le goût de cette enfant pour des jeux qui ne sont pas de son âge.

Voulez-vous sortir un peu, prendre l'air ? Le jeune gendarme veille sur elle. Dehors les becs de rue sont sur le point de s'éteindre. Il flotte avec le vent une odeur d'iode, un froid léger qui sûrement vient de l'océan, les premières mouettes. Une tasse de café, une cigarette. Ils s'installent sur une marche en ciment. Elle serre les jambes parce qu'elle n'a rien sous sa robe. Elle a enfilé la première chose qui lui tombait sous la main. À travers le tissu on voit son nombril, les boucles de son pubis. Elle se couvre comme elle peut, d'un bras, d'une main. Le gendarme sent la transpiration. Ils sortent sales et fatigués de la nuit. *C'est une fille rebelle,* explique-t-elle. *On ne sait pas de qui elle tient.* L'enfant de l'amour, il a fallu faire avec et apprendre avec elle. Elle est restée quatre ans dans les pas de Marie, et si on feuillette les albums photo, si on remonte le temps, on tombe dans des années où cette enfant ne quitte jamais sa mère des yeux, et puis elle a découvert le monde, elle ne s'est plus retournée, il a fallu lui courir après, la rappeler à l'ordre. *Infernale*, c'est le mot, il lui va. *C'est une gamine qui ne tient pas en place, pas un ange, une vraie chipie,* fait Marie. Elle se reprend. *Je ne devrais pas dire ça.* De nouveau, elle a la nausée, elle écrase sa cigarette, presse sa main sur sa bouche, très pâle. Elle voudrait s'étendre au bas des marches, sur le ciment qui est couvert de sable. Elle voudrait être dans la tente, comme les nuits précédentes, quand il lui suffisait de tendre légèrement la main pour toucher le dos d'Angèle, ses omoplates repliées, la ligne à peine perceptible de la colonne vertébrale. Le gendarme hoche la tête, il fait semblant de comprendre. Il regarde sa montre. *On va essayer de rappeler votre mari.* Le cadran de nouveau sous ses doigts. Elle compte les sonneries jusqu'à dix avant de raccrocher. *Il aura dormi ailleurs,* constate-t-elle. *Il retape un chalet, il est peut-être là-bas, au bord de l'étang les nuits sont plus fraîches.* Il est sept heures moins le quart, ça va faire neuf heures que Simone a quitté Angèle des yeux, quelques secondes, le temps de payer la barbe à papa, quand elle a remercié la vendeuse, éblouie par la double rangée d'ampoules jaunes et bleues, elle a battu les paupières et s'est retournée vers l'enfant qui n'était plus là, elle a pensé qu'elle avait grimpé dans le manège voisin, dans une nuée de fillettes, à chaque tour force était de constater qu'elle n'apparaissait nulle part.

Sans doute aurait-il fallu tout interrompre avant ça, pense Marie. Rompre le mariage. Emmener les enfants avec elle dans cette existence qu'elle rêvait jadis avec Delphine, au temps des évasions à Mobylette. Elle ne serait jamais venue à La Palmyre, ce qui était une envie de Simone, et la peur de passer les vacances seule dans sa maison de Bavans. Marie aurait fini l'été à s'installer dans un appartement à elle, à repeindre une chambre pour les gosses. Il y aurait eu une cour où Angèle aurait tourné à vélo, l'air maussade, une sucette plantée dans la bouche. Raoul aurait recruté deux ou trois gamins de son âge pour jouer à la pétanque avec des boules en plastique coloré. On serait allés le soir manger au bord de la rivière. On dormirait dans un deux pièces qui empeste la peinture au lieu de se ronger les sangs.

Vous devriez vous reposer, fait le brigadier qui a réapparu, un mouchoir à la main, le front brillant, la chemise froissée. Marie accepte de s'éloigner un peu. Elle emmène son garçon qui s'est réveillé. Elle serre son poing chaud dans sa main. Ils vont vers le front de mer, sur une allée de caillebotis. Un premier café ouvre ses portes. Un type installe des tables, déplie des chaises. Il a mis sa radiocassette à tue-tête, au comptoir. Il écoute *Sugar Baby Love* des Rubettes et puis Boney M en passant la serpillière. Marie commande un chocolat pour le petit. À chaque gorgée Raoul a un regard vers la plage, l'océan retiré, très loin, un clapotis vert. Puis il fronce les sourcils, il hoche la tête en soupirant, il pointe un doigt : *Là.* Angèle. Les cheveux emmêlés, la robe en ordre. Un foulard rouge serré dans le poing. Comme eux un peu plus tôt, elle a longé le front de mer. Fugace, un sourire creuse la fossette de son menton. *Comment tu nous as trouvés ?* s'exclame Raoul. La bande Velpeau s'est desserrée autour de sa cheville. Elle boite encore un peu, le temps de deux-trois pas, le temps qu'on se jette vers elle, qu'on la prenne contre soi, le corps d'une fille de huit ans, sa très légère ossature, sa peau desséchée par le sable. Ses cheveux très épais font un rouleau sur la nuque. Ils sentent le shampooing et la terre.

On dira oui à tout, aujourd'hui. On fondra en larmes à chaque fois que quelqu'un nous adressera la parole. On ne pourra pas lâcher la main d'Angèle. On revient de loin. On n'a pas besoin de le dire. C'est sur notre visage, dans nos larmes qui coulent déjà, qui ne s'arrêtent plus. *Mais où étais-tu passée ?* Angèle bat des cils, rougit d'un coup. Elle s'est perdue, elle a dormi au pied d'une dune, *à la belle étoile*. Le type du comptoir s'est interrompu. Il les regarde, les poings sur les hanches. Il n'a pas su, non, qu'une fillette avait disparu, cette nuit, dans la fête foraine. Il le lira, plus tard, dans le journal. Il racontera comment la petite est apparue, au matin de ce 20 août 1976, au moment peut-être où le feu partait dans un dépôt d'ordures, du côté de Saint-Augustin, et se communiquait à la forêt de la Coubre, les feux de cimes disséminant le brasier, si brutalement qu'il faudra improviser l'évacuation du zoo et des campings. Alors on ne l'oubliera pas, ce visage de gosse, ces grands yeux verts, cette tignasse emmêlée, comme on n'oubliera pas les trois jours et deux nuits d'incendie, les véhicules des secours calant à cause de la chaleur, ce qui oblige les pompiers à fuir, à pied. Les camions encerclés par les flammes brûlent dans leurs dos, avec mille hectares de pins.

La mère demande à utiliser le téléphone, pour prévenir la gendarmerie, sa fille collée à ses jambes, son gamin répétant pensivement, d'une grosse voix rauque, *on l'a retrouvée*, ce qu'elle crie presque, elle, avant de relâcher le combiné. *On t'a cherchée partout, j'ai dormi chez les gendarmes*, raconte le garçon. *Ils ont même commandé des chiens. Ils vont pas être contents.* La fille baisse les yeux. Elle est très brune avec toute une constellation de grains de beauté sur le visage. *Il y a une photo de toi, tout le monde l'a vue.* Sa mère le fait taire. *On doit aller à la gendarmerie. Il faut que tu expliques ce qui s'est passé.* Elle laisse quelques pièces de monnaie sur le comptoir. Elle remercie. *Y a pas de quoi*, répond le serveur. Ils sont déjà loin, les deux enfants avançant à son rythme à elle, et l'océan qui s'est rapproché brille maintenant, alors il ferme les yeux, le type du café, et quand il les ouvre, la femme et les enfants ne sont plus que trois taches de couleur à l'horizon, où n'apparaissent pas encore ces panaches de fumée, de plus en plus épais, qu'on guettera bientôt avec anxiété, qu'on verra depuis Rochefort, à quarante-cinq kilomètres de là, au plus fort de l'incendie.

Au brigadier, Angèle montrera le foulard. Le foulard à fleurs rouges. Qui s'est défait d'une chevelure de femme pour tomber à ses pieds. Elle l'a suivie pour le rendre, la barbe à papa dans une main, le foulard dans l'autre, jouant l'équilibriste, comme elle sait le faire, mais cette fois dans la foule qui ne remarque pas cette fillette de huit ans, qu'on bouscule, qui dérive. La femme, de dos, Angèle voit bien qu'elle est belle. L'homme qui l'accompagne la regarde et lui sourit sans cesse. Ils se tiennent par la main, en jeans, chemises blanches. Lui a un chapeau de paille et, à la main, un paquet de cigarettes, une bouteille de bière. Angèle les perd. Manque tomber. Lâche la barbe à papa. Retrouve le chapeau, les cheveux noirs de la femme. Court. Une route. Une moto qui démarre. Le chapeau est passé sur la tête de la femme. Elle le retient d'une main. De l'autre elle s'accroche à la taille de son compagnon. C'est un rêve qui commence pour toujours. Au lieu de rebrousser chemin, Angèle continue à courir, du côté de la moto, du soleil qui brûle encore, par milliers de degrés Celsius. Il y a les fleurs sur le voile de coton indien, d'un rouge si profond qu'il est peut-être celui du sang. Il y a les oiseaux qui s'échappent des roseaux, en froufroutant. Au bord de la route Angèle ralentit. Sa cheville lui fait mal, à nouveau. Derrière elle, le village est enveloppé d'une rumeur trop lointaine pour qu'elle reconnaisse son nom, crié dans un micro, dominant les voix, les musiques, les détonations, *la petite Angèle Brulhard est attendue au manège des chevaux*. L'air est chaud. Déjà vient la nuit, une de ces nuits de grande chaleur qu'on ne se souvient pas avoir connues avant cet été 1976. Il faudrait revenir sur ses pas. Il y aurait Simone et ses cadeaux. Angèle insisterait jusqu'à ce qu'elle lui paie un joli sac à main tout incrusté de miroirs qu'elle a déjà réclamé par deux fois. *Est-ce que je suis maman ?*, demanderait Simone. Il faudrait dire oui. Angèle s'enfonce du côté des dunes. D'ici on ne voit plus le village, on entend à peine le roulement des vagues. Elle n'a pas vraiment peur. *Mais un peu, quand même.*

Maintenant, Marie voudrait appeler Michel, lui dire *on l'a retrouvée, on rentre.* Puisque tout s'arrête là. Les vacances impossibles à poursuivre. Simone qu'elle ne verra plus, elle se le promet. Le divorce qu'il n'est plus possible de différer, qu'elle va négocier avec Michel. Il faudrait entrer dans l'une de ces cabines téléphoniques de bord de mer, un peu ensablées, un peu délabrées, avec des cœurs dessinés au feutre sur les parois vitrées, et de gros combinés gris qui grésillent, qui obligent à faire répéter. Il faudrait s'accroupir, jouer d'une main avec le sable, de l'autre tendre le fil du téléphone, de sorte que la bouche reste face au microphone. Elle essaie de rassembler les mots de la nuit, dans la voiture qui les ramène vers le camping et dont elle a baissé la vitre, avec l'impression que tout vient vers eux plus vite, les pins hauts et fragiles, le ciel à la couleur de coquille, les motards à la chemise ouverte et ce goût de soif que donne à tout la poussière. Il y a les enfants contre elle. Raoul un peu lourd, déjà endormi. Angèle. À Michel, il faudra dire *on a retrouvé Angèle et je m'en vais*. Ça a mis une nuit à se tisser ensemble. Ça lui revient comme une urgence dans tout ce qui se présente. Les villages bas et blancs du bord de mer. Un vieil homme qui émerge des champs dans des vêtements de ville et tend le pouce. Les camions de pompiers qui roulent vers des départs d'incendie. Raoul marmonne dans un demi-sommeil : *quand même t'as failli être morte, hein maman, qu'elle a failli être morte, Angèle ?*

1977

On n'est pas en vacances, répète Marie. *En grandes vacances,* rétorque Raoul, puis se tait. La vieille DS bleu angora d'Ivan se range sur la place de l'église, toutes vitres baissées. Les passagers ont tour à tour souffert du mal de mer, on a lutté contre le roulis par courants d'air, on sort d'une nuit saturée d'oxygène avec une petite toux. La Serpent est un village en colimaçon, aux rues peu nombreuses, mais étroites, enchevêtrées. Ici, dans l'Aude, les villages sont au-dessus des vignes et des bois. On plante quelques planches d'orge entre deux. Des tamaris donnent une pâle floraison. Marie fait tourner sur son annulaire la bague qui a remplacé son alliance. *On est arrivés,* dit-elle. Et elle sort de la voiture, un peu hésitante, un peu aveuglée. Un chien jappe. Les façades de pierre nue sont mangées par les glycines.

Le divorce, elle le racontera. Plus tard. Elle réalisera alors qu'elle n'avait jamais parlé de la sorte avec Michel, comme ils en ont pris le pli après qu'elle eut fait sa demande, tout juste rentrée de La Palmyre, alors qu'aux actualités les incendies passaient encore en boucle, avec les images mal assurées de vacanciers réfugiés sur les plages entre la pinède en feu et cet océan qui fait peur, on se reconnaissait dans ces femmes anxieuses qui entraient dans l'eau, un sac tenu à bout de bras, pour rejoindre des barges.

Jamais auparavant ils n'avaient passé des heures, jusque tard dans la nuit, face à face dans la cuisine, à se confronter ainsi, avec des silences prolongés où l'on a le temps de griller une cigarette, dans cette fatigue qui rend lourd, maladroit, mais qu'importe puisqu'on dormira mal et qu'il faut bien faire le tour de tout ce qu'on a raté, pour en arriver là, et pourtant, on était bien ensemble, non ? Face à ses refus à lui, répétés, les *je veux* de Marie ne pesaient guère. *Divorcer ? Exister ? Qu'est-ce que ça veut dire ?*

Elle dormait sur le canapé. Quand elle retrouvait Michel au self de l'usine, c'était comme avant, les mêmes lassitudes qu'on se confie, le nouveau directeur dont on n'attend rien de bon, un copain qui clamse à deux mois de la retraite, un autre qui monte en grade et dont on s'éloigne, sans savoir l'expliquer. Une collègue lâchait, au retour à l'atelier : *vous faites un beau couple, avec ton mari.*

Ivan venait de s'acheter une voiture et c'est avec lui, désormais, qu'on partait le week-end vers le fond des bois. Dans la DS qui affichait 150 000 kilomètres, sans le vouloir, on avait l'air de grands voyageurs. Comme si la malle avait été chargée de bagages. Comme si l'on avait pu rouler des jours durant, sans jamais quitter les forêts, mais en passant, de loin en loin, un poste frontière. Et cette histoire, on se la racontait vraiment, en route. Notre Haute-Saône on s'en faisait la Forêt-Noire, les Carpates, la Transylvanie. La cabane forestière où l'on s'installait pour la nuit, sans confort, on l'entourait de bêtes imaginaires. Raoul avait son petit fusil, réclamait des contes. *Chut*, faisait soudain Ivan. On sentait autour de la cabane le vent plier les cimes. *Je l'ai entendu,* faisait Ivan, mystérieux. *Qui ?* soufflait Raoul, le cœur battant. *L'ours.*

Un jour, Michel a dit qu'il avait quelqu'un. Marie a compris qu'elle pourrait partir. C'est venu comme une évidence. Le mot *partir* avec *Méditerranée,* ce rêve que finalement rien n'avait aboli, ni les étés alcooliques des premières vacances, ni les marinas futuristes de l'Hérault, la première image gardant le dessus, et pourtant on doute l'avoir jamais vue : une bande sombre qui redouble l'horizon, quelqu'un crie *c'est la mer* dans la salle de cinéma, la caméra s'est déjà déplacée, trop tard on sursaute, on a manqué quelque chose, ces quelques secondes d'absence on n'en finit pas de vouloir les combler.

Tous ces départs, en DS, pour fuir l'appartement dans lequel on vivait à l'étroit, avaient donné comme un élan. Elle divorçait. Pourquoi ne pas quitter l'usine ? Pourquoi ne pas tout reprendre, ailleurs, à zéro ? Pourquoi ne pas s'arracher au pays natal, pour de bon ? Pour la première fois, la tête brûlée, c'était elle, Marie. Quand Delphine comprit que rien ne la ferait changer d'avis, elle parla d'un cousin de Paul, d'une communauté dans l'Aude, un endroit où l'on pourrait accueillir Marie et les enfants, le temps qu'elle se retourne, qu'elle trouve un boulot, le temps peut-être qu'elle change d'avis. Marie se souvint du récit que Delphine avait fait des quelques jours passés dans les Corbières. Il faisait chaud. Dans les chemins les pierres s'éboulaient sous le pied dans un roulement doux. La mer, elle allait s'y baigner la nuit. Elle se dit que là, elle aurait sa chance, sûrement. La chance pour commencer de n'être personne. Sans histoire ni passé. Elle s'organisa pour partir lorsque les enfants quitteraient l'école, au début des grandes vacances.

Le dernier jour, chez Peugeot, Nicole se pointa avec une bouteille de pétillant. On trinqua, appuyées aux tables, dans un désordre de phrases émues, les filles de l'atelier se hâtant de boire, à gorgées précipitées, pressées de rentrer à la maison, elles seules, Nicole et Marie, les yeux trop brillants, se mordaient les lèvres. Le chef offrit un foulard. Il y avait de quoi se moquer et puis en chialer en douce de ce grand saut — la vie qu'on laissait, l'amie qu'on perdait, on s'est promis qu'on se reverrait, mais ces promesses-là, est-ce qu'on les tient jamais ?

On s'appelle Zedet. On n'a plus de mari, plus d'appartement, plus de meubles, plus de voiture. On a quand même rempli de bagages la DS d'Ivan, qui s'est proposé pour être notre chauffeur, et sûrement il espère bien nous ramener avec lui, dans quelques jours. On a installé les enfants sur la banquette arrière, comme au temps où l'on mettait les voiles avec Michel. On est partis par l'autoroute A7, évidemment. Et voilà qu'on arrive au bout du monde, dans un village plus perdu que celui dans lequel on a grandi. Alors on fait quelques pas en tâchant de masquer sa déception. On appréhende, soudain, ce qui vient.

De La Serpent, le château s'aperçoit de loin, doré et quadrilatère. Des rangs de chardonnay commencent au pied, des Ondines rouillent au fond des jardins, le pays est tout ensemble fertile et assoiffé, partout maculé du chat noir des anarchistes, peint sur les ponts, sur les bornes, sur les murs. Angèle sur un pied s'essaie à une marelle dessinée sur le goudron. Raoul refuse de sortir de la voiture, réclame qu'on rentre, sur-le-champ. Marie tente de s'orienter sur le plan tracé par Paul mais rien ne colle, ni la rue du Château ni celle de l'Égalité, et le monument aux morts il n'est pas à côté de l'église mais à l'entrée du village, à croire que celui-ci tourne continûment sur un pas de vis. On finit par leur indiquer une bâtisse précédée d'une esplanade. Des chèvres tirent sur une pelouse clairsemée. Un homme vient leur serrer la main. Eddy, le cousin de Paul.

L'homme, la maison ont quelque chose d'un lendemain de fête. Des verres sales, des paupières gonflées comme des mamelles de bique. On avance avec précaution, les enfants contre soi, on porte des souliers noirs vernis noués à la cheville, on se sent conventionnelle au milieu des tongs, des matelas jetés à même le sol, des chiens endormis. Par une fenêtre on aperçoit le potager. Épinglé de tissu indien, un bataillon de mannequins épouvante les étourneaux. *Un café ?* propose Eddy. Ils ont compté cinq chambres avant d'entrer dans la cuisine. L'air frais du matin s'engouffre par bouffées, les fait frissonner. Des mains tremblantes d'Eddy se répand du café sur la table. Vingt ans et des poussières. La tignasse sale tenue par un élastique. Dieu sait pourquoi il a passé un pantalon blanc, une veste lamée rouge pour les recevoir. Dessous, il est torse nu. De ses manches trop courtes glissent des bracelets de perles multicolores. Il arrive quand même à tasser la mouture dans le filtre. *Un clown,* pense Ivan, si fort que Marie baisse les yeux. Du bric-à-brac se détachent, au mur et en poster, une chronophotographie en neuf séquences de Bob Marley jouant au foot, au sol, un voltaire tapissé de velours rouge, sur la table, un pichet canard en barbotine. Juchés sur le fauteuil, Angèle et Raoul font tourner le bras grinçant d'un moulin à café. Pendant que l'eau chauffe, Eddy mène Marie un peu plus loin dans la maison. Ils auront une chambre qui regarde au sud, vers Bugarach. Il y reste un papier peint fané, tout en minuscules fleurs roses, et un crucifix que Marie n'osera pas décrocher.

Avec le café, Eddy coupe de larges trempes de pain sec, propose les figues du jardin, le fromage confectionné à la maison n'est pas mangeable, gris, cassant. Ils sont neuf à vivre ici. Deux couples, trois célibataires, deux enfants. Parfois l'un d'eux quitte la maison quelques jours, s'embauche à n'importe quoi, le ramassage des fruits, le chargement des camions, ranger des marchandises dans des boîtes en carton, faire la plonge d'un restaurant, juste le temps de ramasser un peu d'argent, de quoi payer ce qu'il faut, même si à La Serpent on peut vivre de presque rien, dans cette maison qu'on retient de s'effondrer, dont il a fallu bâcher le toit et faucher le jardin. Les voisins donnent parfois un panier de haricots verts, ils rient du potager stérile, des enfants qui divaguent, peinturlurés de jus de fraise, de cette bande de bons à rien. Eddy occupe la majeure partie de son temps à travailler la guitare.

À la première occasion, Marie prend le large. Eddy doit téléphoner à sa mère pour lui réclamer un mandat. Elle l'accompagne. La cabine la plus proche est à cinq kilomètres, à Antugnac. Ils s'y rendent en voiture. Tout s'entrechoque encore dans l'esprit de Marie. Le hameau, loin de tout. La maison inconfortable et léthargique. La tribu avec sa lenteur de drogué. Et eux là-dedans, elle, Ivan, comme deux crachats lancés à leurs figures. Parce que ça saute aux yeux, qu'ils ne sont pas du même monde.

À Antugnac, les ponts enjambent la rivière depuis le Moyen Âge. Des lanières en plastique flottent mollement à l'entrée de l'épicerie. Marie choisit deux grosses sucettes en forme de cœur. Un accent comme le sien ne passe pas inaperçu. On lui demande d'où elle vient. *Du travail, il n'y en a guère,* lui explique-t-on, *et pour une femme, à part chez Myrys...* Huntsman et Formica, à Quillan, les chapelleries à Espéraza, la mélamine supplantant peu à peu la laine de mouton, les agglomérés synthétiques les chapeaux. On lui raconte la prospérité perdue de l'industrie chapelière, le visage cuit des préposés aux presses à feutre, les usines où descendaient travailler les gens de la montagne, cette main-d'œuvre intarissable et dure à la peine, les millions de chapeaux fabriqués, et puis le déclin brutal parce qu'on ne se coiffe plus, à présent, on a le cheveu long et lâché, qu'on soit homme ou qu'on soit femme, on pointe chez Formica où l'on fait du stratifié, chez Myrys où l'on sort de la chaussure au kilomètre, et il ne faut pas croire, même si le boulot est réputé dur chez Myrys, il y a un paquet de femmes comme Marie qui rêvent d'y embaucher. *Mais si vous avez déjà travaillé en usine, c'est un bon point, c'est sûr.*

Marie-Myrys c'est dit, c'est parti. Marie-l'usine, ça chante ensemble, à la façon d'ici. Marie prend ça comme un viatique. Cette femme qu'elle ne connaît pas, un peu forte, rapidement habillée d'une robe franchement moche, lui relève la tête, lui rend ses forces, la rassure comme font les frangines après une déconvenue.

Je vous souhaite bonne chance, conclut-elle en lui rendant la monnaie. Elle ajoute un rouleau de réglisse dans le sachet.

Dehors Eddy attend, assis en tailleur sur le capot de sa voiture. Sa veste retirée, on lui voit sur le dos des tatouages. Sa mère lui enverra cinq cents francs. En attendant, il demande à Marie si elle n'a pas un peu de monnaie, il achèterait bien des cigarettes. Elle lui tend son paquet de gauloises.

Jamais la mer n'a paru si loin. Même à travers la carte Michelin elle s'entrevoyait, malgré tout, franchi les Corbières, comme un horizon possible, mais pas dans cette matinée silencieuse. L'obscurité sûrement derrière les volets repliés, mais eux sont dans la clarté aveuglante, les affiches collées au mur du lavoir, devant eux, sont si décolorées qu'on peut tout juste les déchiffrer, un ball-trap le 16 juillet à Quillan, un bal, toujours le 16 juillet, à Roquetaillade, les premiers noms de ce nouveau monde, immédiatement familiers. Il fait si chaud que l'eau dans le moteur pourrait bouillir, se dit Marie, mais c'est sa peau qui brûle et toute la caillasse mêlée au peu de terre et les feuilles racornies sur les arbres. Si elle imagine la distance qui la sépare de la grande bleue, Marie ne voit que la même route multipliée, étroite, sinueuse, avec l'asphalte fondu qui adhère aux pneus, les bas-côtés cramés, les ravins de ceps et de chênes-lièges, et parfois un village aux platanes malades qui ressemblerait à Antugnac, partagé par cette route où rien ne passe.

Au moment où Eddy met le contact, l'épicière accourt, un billet à la main, une adresse où Marie pourrait travailler peut-être, comme employée de maison. *T'as pas d'allocations ?* demande Eddy. *Ça me suffira pas pour vivre.* Il hausse les épaules. Ils retournent vers La Serpent qui n'est sur aucune route, sans station-service, sans voyageur, représentant ni placier.

La maison à cette heure remue. Des verres reçoivent de petits bouquets assemblés par les enfants. Il y a dans l'herbe du jardin assez de chaises pour s'installer tous. Angèle mène deux fillettes de son âge, Claudine et Sheila. Une fois de plus, elle s'est tordu la cheville, un bandage lui donne l'allure d'un jeune cheval. À chaque fois que Marie croise le trio, elle constate la pureté des deux autres. On ne peut voir Angèle sans penser à mal. Ses yeux clairs et pleins de fièvre, on voudrait les fermer. Son pied gauche sur lequel elle ne peut s'appuyer posé juste sur la pointe, elle boitille, elle se fait plaindre. Puis elle caracole à nouveau, de bon cœur. Dans le jardin impraticable, ses épais cheveux se prennent dans les branches des lilas, Marie pour la décrocher doit arracher les feuilles, un instant elles sont l'une contre l'autre, pratiquement de la même taille. *Tes yeux sont comme des feuilles de sauge,* remarque Eddy. Angèle lui sourit. Elle est extrêmement pâle. Où qu'elle soit, elle se détache toujours, exsangue, extatique. *Tu l'auras cherché,* fait Marie, constatant que sa joue est zébrée d'estafilades. Claudine et Sheila, en robes jumelles, rose et rose, se déchaussent pour poser sur Angèle leurs pieds sales. *Tu serais captive,* décident-elles. Déjà l'autre s'enfuit à travers la maison.

On s'emmêle dans les prénoms. Lyne et Linda, Linda et Béa. Elles se ressemblent toutes les trois, bringues blondes, apathiques. Noëlle, la mère de Claudine et Sheila, rit quand Marie lui raconte d'où elle vient. Elle a travaillé aux usines Wonder, à Saint-Ouen, de seize à vingt ans. Et ses copines, à l'époque, ressemblaient à Marie. Des filles sérieuses et sages qui n'espéraient rien de mieux que ce boulot crasseux, sortir avec un copain qui les inviterait boire un vin liquoreux dans un café de banlieue tout juste refait, avec des banquettes et des murs entiers de miroirs, un de ces endroits où tout s'amplifie, un mot tendre, une caresse, on est vue de toutes parts, on est liée, sans l'avoir voulu, des types rigolent, au comptoir, de ces gamines pleines de pudeur qui se raidissent sous les baisers. Elle s'est barrée, de l'usine et de chez ses parents, pas encore majeure, un soir de paie, quelques fringues dans un sac et ce qu'elle portait sur elle, un pull, une jupe, un manteau. Assez d'argent pour acheter un billet de train et s'installer dans une rame de nuit, Paris-Narbonne, bourrée de militaires qui dorment entassés dans les couloirs. Elle a un siège contre une fenêtre et s'assoupit par intermittence, réveillée par les éclairages jaunes des quais de gare, et quand elle sommeille, sa tête dodeline et cogne sur la vitre en plein sur la barrette qui tient ses cheveux. *Je ne sais pas si mes parents m'ont cherchée. En tout cas, n'ont pas remis la main sur moi.* Et de nouveau elle rit, les dents grises, abîmées par le tabac. On pressent déjà qu'on s'entendra avec elle. On sait aussi, instinctivement, qu'on peut compter sur Eddy. Et on s'accroche à ça, parce qu'avec le reste de la bande le courant ne passe franchement pas. On ne s'est jamais sentie aussi prolo qu'au milieu de ces rêveurs, si jeunes et pourtant décatis, dans leurs oripeaux déjà datés, eux qui n'ont pas vu que le monde tournait sans eux, glissant des utopies aux crises, puisque c'est ainsi que se profilent les années 1980. C'est bien plus fort qu'à l'usine où l'on n'a été, en somme, qu'une femme sans qualité, en bleu, comme les autres. Cette communauté-là on se surprend à penser qu'elle nous manque. Et c'est elle qui donne de la fierté contre ces petits prêcheurs, ex-étudiants qui n'ont pas fini leurs études, pseudo-artistes qui s'évertuent à réinventer le monde et qui nous regardent de haut parce qu'on est prête à bosser pour un SMIC. *Sont pas un peu réacs, tes potes ?*, entendra-t-elle Jérôme demander quelques heures après leur arrivée. *Pas plus que toi ma poulette,* répondra Eddy, de sa voix traînante. Et elle comprendra que leur présence à La Serpent, à Ivan et elle, les autres la vivent comme une provocation.

Au lieu de repartir, Ivan reste quelques jours. On aime sa grande voiture où l'on tient à huit. On se fait conduire à Espéraza avec Eddy, Noëlle, les enfants. On est devenus inséparables. On traverse de vastes places vides. Deux tables à l'ombre font une terrasse de café. On appelle en vain. Un ventilateur tourne dans la salle déserte, une radio grésille, le bouton du volume poussé à fond. Écrasée de chaleur, la ville sent le goudron fondu. Les enfants ont encore la force de faire l'avion sur l'esplanade avant de s'empiler sur un fauteuil et de réclamer des verres de sirop. Un moustachu survient d'on ne sait quel fond de salle et sert des boissons avec un ravier de glaçons. Eddy s'est lavé les cheveux. Une faveur nouée sur la nuque, il a l'air de porter perruque. Ses doigts lourdement bagués tambourinent sur le Formica. Il y a dans l'air la victoire de Bernard Thévenet au tour de France, des rassemblements sur le Larzac contre l'extension du camp militaire, *My Generation* de Patti Smith. En repartant ils font un détour par Intermarché. *Y aurait-il moyen de travailler comme caissière ?* demande Marie. On lui conseille de se présenter le lundi suivant, *avec une jupe au genou*. Pendant ce temps, Noëlle achète du café, un kilo de sucre. Eddy a entassé les enfants dans un Caddie et fait des tours de parking, à toute allure. Sur la route de La Serpent, Noëlle étale les menues choses qu'elle a fauchées dans le magasin: un lot d'épingles à cheveux, une minuscule boîte de foie gras, des rondelles en caoutchouc pour conserves. *Ça te servira à quoi tout ça ?* siffle Marie, furieuse. Elle n'osera pas revenir, présenter la lettre que son ancien chef d'équipe a bien voulu écrire, qui dit qu'elle est honnête et consciencieuse. Le butin vole par la fenêtre ouverte, disparaît dans un froissement de graviers, un roulement de pneus, le fracas des cigales. *Notre fourmi n'est pas contente,* fait Eddy. Marie voit rire ses yeux dans le miroir du pare-soleil. Elle pleure. Raoul la console avec des baisers poisseux. *Ça va aller maman.* À l'arrivée, les fillettes s'égaillent. Eddy propose son bras à Marie, ils traversent ensemble la maison avec le vent qui s'est levé et pousse les premières feuilles mortes. Raoul sur leurs talons maugrée. Les chèvres errent dans le jardin.

Ivan voudrait rester, Marie le voit bien. Peut-être à cause de Noëlle, peut-être à cause d'Eddy. Peut-être pour commencer la nuit dans le lit de la première et la finir à picoler avec le second.

À table, tout le monde est réuni. En plus d'eux huit, il y a Jérôme et Lyne, Mario et Béa, Linda qui n'est à personne. Marie finit par comprendre que Jérôme est aussi le père de Claudine et Sheila. Les mains gonflées d'avoir trait, c'est lui qui partage le pain. On mange des pommes de terre rissolées dans l'huile d'olive, des tomates au gros sel, l'infect petit fromage. Noëlle frôle Ivan à chaque fois qu'elle se lève. Sa robe flotte, remuée par le cers, sa frange s'emmêle dans ses yeux, le vent du nord est bon ce soir, les enfants courent après les serviettes envolées, les bouteilles se renversent et se vident sur les genoux, tombés des arbres des rameaux jonchent peu à peu la nappe. *Un peu de jaja, Votre Majesté ?* ironise Eddy. Jérôme fait mine de ne pas l'entendre. Le manège de Noëlle n'échappe à personne. On attend qu'elle revienne, un foulard dans les cheveux, un lacet autour de la taille, qu'elle s'arrange pour frotter sa hanche sur l'épaule d'Ivan. Au lieu de quoi, elle prend la main de Marie, elle lui demande pardon. *Notre fourmi est une jolie nana,* remarque Eddie, *notre fourmi finira-t-elle dans le lit de Jérôme ? Tu en penses quoi, Lynette ?* C'est Marie qu'ils regardent tous. Sa robe blanche de communiante. Son reste d'indéfrisable. Le duvet qui ombre sa lèvre supérieure. Et jamais ils n'oublient de boire. Un vin d'ici. Un vin de peu. Un vin pour lequel des hommes par centaines de mille ont coulé dans Narbonne, Béziers, Carcassonne. Les anciens d'Algérie faisant sauter les voies ferrées du Languedoc parce que le jus du raisin ne vaut plus rien, du jus qui n'est que de la couleur, âpre, alcoolique, elle assomme. On a la tête qui tourne, on voudrait s'allonger sur la terre, là où ça sourd, par millions d'hectolitres, le rouge méprisé, transporté en camions citerne, transformé en cocktails Molotov, des pneus brûlent, on lève des barrages, on saccage les perceptions, il y a des nanas en pattes d'eph pour balayer les débris après les nuits d'émeute mais qu'importe, on est des gueux, on incendie les camions qui apportent le vin d'Italie, on est en guerre, pour ce vin qui râpe et assèche le palais on est prêt à mourir, on meurt à Montredon-des-Corbières le 4 mars 1976. On n'en finit pas de crever, d'arracher les vignes, de déverser le vin sur les nationales, un rouge grossier qui vous soûle à force, vous monte à la tête, vous porte à la bagarre, même Eddy le paresseux, qui a ceinturé ses jeans d'une boucle d'or, le voilà qui prend Jérôme à partie, Jérôme qui a ses enfants et ses femmes, qui sera patriarche plus tard, avec sa barbe et ses cheveux longs, qui en attendant vit en maître des murs, des toits éventrés, des seaux qui recueillent l'eau de pluie dans les chambres. Ivan accompagne au pré les irritables. Eddy, Jérôme, ils s'empoignent, traversent le jardin dans un sens, l'autre, agrippés, muets. Ça laisse à la tablée le temps de remplir à nouveau les verres. Le vin a une vague odeur de moisissure. Qu'importe puisqu'on est ivre et qu'il y a du spectacle. C'est lent et tourmenté. Les bras maigres crochètent dans le vide, impactent parfois l'abdomen, une pommette. On reprend une gorgée de vin, on cherche vainement à allumer une cigarette, le vent à chaque fois souffle le briquet. Les maisons alentour sont endormies depuis longtemps et se confondent les unes les autres, alors on a l'impression d'habiter une île, poussiéreuse et lumineuse, où les arbres sont étouffés par le lierre.

Eddy et Jérôme peuvent gesticuler dans l'herbe haute, il n'y a qu'un guerrier, c'est Ivan. Alors il rigole. Il en rajoute à la pantomime. Il retire sa chemise pour jouer les rodomonts.

Ses poings sont des massues. C'est lui qu'on regarde. Les épaules basses comme celles de Joe Frazier préparant son combat contre Mohamed Ali, fin septembre 1975 dans une villa humide, au sud de Manille, un cube de béton planté au milieu des fougères géantes, rongé par les champignons, c'est là que Smokin' Joe a suspendu son sac de frappe, une prière, un coup, il n'a jamais eu aussi chaud de sa vie, Ivan, que dans ce pays où coulent des rivières de vin, il sautille sur place comme le boxeur préparant son match, il lance son poing, pas dans le vide, non, sur les ombres, comme Joe Frazier à Manille travaillant son coup droit, il est fort, Ivan. Ce qui murmure à son oreille c'est le timbre irrégulier des blessés, leurs voix qui tournent tout d'un coup, comme si le sol avec elles se retournait, on se sent faible à les entendre, on voudrait retourner à la caserne, au lieu de quoi il faut grimper le chemin des bergers, vingt-cinq kilos de matériel sur le dos, l'antenne de la radio, attention à l'endroit où l'on pose le pied, alourdi par le barda, jamais on n'a eu aussi peur de sa vie. Hier on se baignait dans un oued, quelle folie, jamais eau plus limpide, plus fraîche. Hier un copain est mort, quelle folie, traversé de part en part, pan, pan, deux coups, *poule !*, touché, deux fois. Il faut aller de l'avant, forer son chemin à coups de poing dans cette nuit noire et ventée. Jérôme et Eddy se sont reculés dans les pieds-d'alouette, laissant le champ libre à l'énergumène. Des mots reviennent, qui ont traversé toutes ces années de neuroleptiques, mieux que des mines antipersonnel : *bicot, crouillat, bougnoule,* il en a plein la bouche Ivan, on a beau boucher les oreilles des enfants, ces mots-là ont la force de ce qui hante. Qu'est-ce que les autres, qui viennent d'avoir vingt ans et ne veulent plus enfermer leurs enfants dans des écoles, qu'est-ce que les autres, génération peace and love, peuvent comprendre des obsessions d'Ivan, de sa brutalité, de la violence qui enivre bien plus que le vin ? Quatre ans et des poussières d'internement, croire qu'on peut réduire au silence ce qui vous dévore, et puis le revoilà tout entier, Ivan, avec ses épaules de lutteur et ses invectives, lui qui a bouffé du raton à Tlemcen, il s'épuise d'un coup, les poings sur les yeux. Eddy n'ose pas l'approcher. Jérôme lui reprochera plus tard d'avoir fait venir ces cinglés, l'ancien d'Algérie et l'ouvrière modèle. *Saint Jérôme de ma sainte bite,* rétorquera Eddy, et l'autre voudra lui casser la gueule.

Ivan est de nouveau attablé. Tous les flacons sont vides. Il faudrait des alcools purs, limpides comme de l'eau, pour s'en aller tournoyer loin de l'Algérie et même loin de La Serpent, une vodka bien trempée, tranchante sur la langue, pour en finir avec les pensées, mais il sait qu'il ne trouvera rien, Ivan, dans cette maison de clampins, sans travail, sans argent, sans bouteilles bien rangées dans un bahut, avec leurs étiquettes bleu et blanc qui disent le froid de la chose à boire et annoncent l'endroit où l'on sera, imbibé d'alcool : une nuit pleine de neige, où l'on peut tomber sans crainte de se faire mal. Alors comme il n'y a plus rien à boire, comme ils le regardent tous en coin, Ivan décide d'aller dormir, tout au moins s'allonger tout seul avec ses grimaces, les tics qui contractent encore son visage, qui sont revenus en même temps que ses poings se serraient. Et s'il pouvait, il les emmènerait tous avec lui. Marie. Angèle. Raoul. Noëlle. Eddy. Il leur parlerait de son rêve, qui est de se cadenasser en forêt, d'y construire une cabane à l'écart des chemins, dans ces reculées, il en existe encore, où même les chasseurs ne foutent jamais les pieds. Il les emporterait. Comme on tue. C'est à ça qu'il pense, sombrant dans le sommeil, après avoir forcé sur les narcotiques.

Le lendemain soir, ils sont à Fa. Sa chorale. Son avenue de la République. Ses buvettes, flonflons, fanions. Un bal-musette. Angèle et Raoul sont restés à La Serpent. Marie porte une robe coupée en haut des cuisses. Ivan s'est taillé les cheveux, ce matin, face au miroir. On lui voit, en haut du front, une bande de peau plus claire. Eddy, remarque-t-elle, se trouble à chaque fois qu'elle s'éloigne, qu'elle le laisse seul avec Ivan, dans le halo que jettent les vitrines électriques des forains. Des gorilles en peluche s'agitent au mur. Les pères tentent des cartons, des rêves d'enfant suspendus à la gâchette, on voit des mômes promener triomphalement des animaux plus gros qu'eux, ils finissent par les asseoir autour des tables de bistrot, une assemblée mélancolique de tigres et de lions. *Notre fourmi ne va pas tarder à danser*. Déjà un cavalier se propose. Une valse. Elle ne sait plus les pas. Ça n'est pas grave. Ça ne s'oublie pas. Ça revient déjà. Elle aime le parfum d'eau de Cologne, la chemise soigneusement repassée, les poils qui débordent à l'encolure, les bras autour d'elle, solides. Malgré tout, elle est en souci. Du coin de l'œil, elle voit Ivan, les mains dans les poches au bord de la piste, et Eddy qui papillonne, une fois pressé dans la cohue de la buvette, des canettes de bière au bout des bras, une fois avachi au pied d'un tilleul, une autre conversant, les mains dans les poches, sa veste rouge scintillant sous les projecteurs. Si Ivan n'avait pas pété les plombs hier, Noëlle sûrement serait là, à peine maquillée mais coiffée d'un large foulard, et Ivan serait obligé de la suivre, et l'orchestre serait obligé de jouer un slow, Eddy pourrait dériver vers un chahut de jeunes hommes soûls qui s'empoignent et tombent, à la renverse, Marie pourrait tranquillement réfléchir, peser le pour et le contre, s'il vaut mieux retourner en Franche-Comté où les enfants seront plus près de leur père, ou bien s'installer à Limoux, faire la Marie-Myrys, loin de Michel… loin d'Ivan. Au lieu que là… Elle se l'était sorti de la tête, en fin de compte, le souvenir d'Ivan dans son lit au château, son poing fracturé pris dans du plâtre, son visage bouffi de médocs. Et elle a beau se dire que ça n'est pas grand-chose, un homme qui gesticule dans un jardin en cognant ses fantômes, parce qu'il a trop bu sûrement, elle a beau se répéter que ça n'est rien, elle est comme quelqu'un qui s'est trop approché du vide et n'arrive plus à reculer. Il faudrait s'arrêter, remettre de l'ordre dans ses pensées, mais non, la fête n'est pas finie, il y a toujours quelqu'un pour la ramener dans le mouvement des valseurs. L'Aude est une campagne d'hommes seuls. Les fermes regorgent de cœurs à prendre. Ils viennent sur les bals, rasés de près. De fête en fête ils vieillissent imperceptiblement, toujours célibataires, dans des maisons où l'on vit avec ses parents et où l'on n'installe pas le confort, ça c'est un désir qui s'en va avec les filles, toutes celles qui nées ici s'en vont vers les villes, Carcassonne, Lézignan, Narbonne, Montpellier, Paris. Celles-là, quand elles reviennent, elles les regardent comme on regarde les zèbres. Dans leurs vêtements passés de mode. Avec leurs cheveux trop courts.

Il est tard lorsqu'elle retrouve son premier cavalier. Ils se fraient un chemin vers la buvette. Marie constate qu'Ivan et Eddy ne sont plus là. Pour lui un 51, pour elle un tonic. Ils trouvent une table d'où on peut voir les infatigables dans l'entame endiablée d'un cha-cha-cha. Lui c'est Vanzetti Maura et il n'habite pas Fa, non, il est d'Espé où il a des vignes. *Et comme ça t'es venue jusqu'ici pour aller travailler en usine ?* Myrys, pourrait expliquer Marie, c'est à cause de l'épicière d'Antugnac. Parce qu'avec ce mot-là, comme une promesse d'embauche, elle a conjuré la débandade du premier jour à La Serpent. Et on peut bien lui seriner qu'il y a mieux comme nirvana, Marie veut pointer à nouveau, et son salaire par quinzaine, en liquide, une poignée à palper, les billets déjà usés, les plier dans son sac, sans façon, comme ces types qui se baladent avec mille francs au fond des poches, au cinéma. *C'est quand même pas un rêve, ça!* Son rêve le plus profond, c'est la grande bleue, mais elle peine à expliquer comment elle en est venue à ce pays asséché, où les montagnes coupent des rivages. *Un rêve comme le tien, il vaut peut-être mieux qu'il soit loin.* Lui, il est né en Espagne. La terre, il l'a eue en épousant une fille du coin et s'il est seul à Fa ce soir c'est parce qu'il est veuf. Il faudrait expliquer que la terre ici ne se cède pas. Les maisons peuvent s'écrouler dans les villages, après des décennies d'abandon, des chevelus venus d'on ne sait où peuvent bien les relever, y installer leur marmaille, pourvu qu'ils ne lorgnent ni sur les champs ni sur les vignes. Il faudrait aussi raconter comment il a tenu la main de sa femme, une semaine entière, alors qu'elle ne parlait plus, allongée dans une chambre de l'hôpital de Carcassonne, et tout ce qui lui venait à l'esprit c'étaient des bribes de chansons, imaginées pour durer deux minutes trente, des airs qu'on entend au bar d'Espéraza mêlés à la course des balles de flipper. Silvia en connaissait toujours les paroles et quand ils passaient dire un mot au patron, qui est un ami, elle chantait par-dessus la voix du chanteur, toute fine dans une robe à carrés roses et blancs, une montre comme seul bijou, les clients se retournaient sur leurs chaises pour la regarder, on reprenait une tournée, histoire de prolonger le moment, aujourd'hui il vaut mieux éviter de penser à ces choses.

Les charges de plastic qu'on place devant les perceptions, les Espagnols qu'on embauche pour les vendanges et qui dans quelques années ne viendront plus, qu'on remplacera par des Marocains, les arbres plantés le long des vignes et qui donnent leurs premiers fruits, la croûte sombre du pain que l'on entame, *ça aussi c'est du passé,* se dit-il dans une bouffée de tristesse. Et c'est pourtant ce qu'il faudrait raconter à cette Marie qui a l'air d'une gosse, malgré ses vingt-sept ans, et qui n'a parcouru tous ces kilomètres que pour passer d'une usine à l'autre. Et de quoi pourrait-il mieux lui parler que des combats perdus ? Lui qui est descendu bloquer le port de Sète une semaine tout juste après l'inhumation de sa femme. On venait sur les barricades lui faire des condoléances, dans la fumée des pneus et des gaz lacrymogènes. Des mots oubliés lui revenaient pour écarter un groupe de marins espagnols. Il se demandait si ça valait le coup de reprendre le chemin des vignes et des montagnes, puisque Silvia n'était plus là. Et pourtant, il est revenu. Ils sont revenus sans rien avoir gagné. Les vins d'Italie continuent de remplir des chais immenses sur les quais de Sète. Les camions entrent directement se charger dans les bâtiments, pomper le contenu de cuves géantes. Ce vin qui coule sans fin ne vaut pour ainsi dire rien. Certains commencent à arracher les vignes.

Puisque t'as l'air d'y tenir à Myrys, je vais faire quelque chose pour toi. Son voisin à Espéraza est apparenté aux Riù-Sarda, Monsieur et Madame, les propriétaires de Myrys. Il acceptera sans doute de glisser un mot, d'intercéder pour elle. *Mais ne te réjouis pas trop vite. Ça peut prendre un moment. Des filles comme toi, qui rêvent de coller des semelles, y en a quelques-unes. Ta chance, c'est que beaucoup ne tiennent pas longtemps.* Lui aurait des rêves pour elle, rien qu'à la voir, des rêves sans colle ni piqûre, des rêves où on est deux parfois, mais pas seulement, elle pourrait, par exemple, avoir un stand à elle sur les marchés et vendre des bijoux, elle serait de toutes les petites villes du Razès et des Corbières. *Je ne crois pas, je ne crois pas, non.* Elle préfère s'accrocher à ce qu'elle connaît. Les ateliers seront crasseux, peut-être. Les contremaîtres tourneront comme ailleurs, les mains dans les poches. Tout sera pensé pour qu'elle ne dévie pas, un seul instant. Tout sera si familier. La régularité de l'usine. L'argent remplit les poches un vendredi sur deux. Elle mettra assez de côté pour partir une fin de semaine avec les enfants. Elle achètera une voiture. *Toi tu sortiras pas de ta condition !* Elle sent dans sa voix comme une déception, mais adoucie par une sympathie qu'il lui témoigne spontanément, comme si depuis longtemps ils se retrouvaient pour danser sur la place de Fa, lui tout broussailleux dans ses vêtements impeccables, elle si lisse, si tourmentée. *Et si on remettait ça ?* C'est une valse, et de nouveau elle s'en fait, elle se demande où sont passés Ivan et Eddy, dans sa tête c'est un film noir, Smokin' Ivan et Mohamed Eddy, un ring sur lequel on crache du sang, l'air tremble comme une eau qui bout, la mort on la voit de tout près. Elle se dit qu'elle aurait dû partir à leur recherche, avant ce moment creux où ne restent que quelques couples de danseurs, des fausses notes sous les doigts des musiciens, des gobelets écrasés et des serpentins dans les allées. C'est la mélancolie de la fin de fête, la fatigue soudain grande à laquelle on ne résiste plus, autour d'eux des femmes ont commencé à déblayer, les débris de la nuit finissent dans de grands sacs, on en tend vers eux la gueule ouverte pour qu'ils y jettent de concert leurs derniers verres. Enfin Eddy est là de nouveau. Nonchalant. Il en fumerait bien une petite dernière avant de partir et Vanzetti lui tend son paquet de gauloises. Ils partent tous les trois à la recherche d'Ivan. On est silencieuse, on aime les voix dissemblables des hommes, son propre pas, sonore, légèrement irrégulier, on finit par retrouver la DS où Ivan s'est endormi.

Voilà comment se déroulent les premiers jours, les nuits blanches, l'apprentissage accéléré d'une autre vie. Tant qu'Ivan est là, ils se baladent en bagnole, jusqu'à très loin, vers des villages de crevards, si reculés parfois que la route s'y achève, le bitume s'interrompant d'un coup sur une volée de gravillons. Alors ils garent la voiture contre un muret, ils s'engagent sur un sentier qui rapidement se resserre, ils avancent à la file indienne, vers quoi on ne sait pas, peut-être simplement cette zone frontière qui doit bien commencer quelque part, mais lorsqu'ils parviennent au sommet c'est devant eux une étendue de montagnes, *une vraie mer,* constate Ivan, avec sa houle, figée depuis des siècles. Là-bas, c'est l'Espagne, disent-ils sans conviction. L'Espagne qui n'est plus franquiste et où Vanzetti Maura retournera. C'est en tout cas ce qu'il prétend, quand ils le retrouvent au bar d'Espé. Ils retardent le moment de rentrer à La Serpent. Jérôme sûrement voudrait qu'ils repartent tous les quatre. Ça doit discuter ferme en leur absence. Eddy, Noëlle, Mario peut-être, prennent leur parti. Ivan a acheté des cubis de rosé et il est facile à présent de remplir son verre, à toute heure. Accompagné d'une si grande chaleur et de quelques joints, le vin finit par endormir les débatteurs. Quand les touristes rentrent, à neuf heures du soir, ils trouvent la bande vautrée dans le jardin.

Et puis c'est le 30 juillet. Ivan va partir, ce qu'ils appréhendent tous les deux. Marie a un léger mal de cœur. Lui doit sans cesse compléter sa valise d'effets qui ressurgissent, il oubliera forcément quelque chose, une chemise qu'elle revêtira le soir, parce qu'il fait un peu frais. L'étrangeté de ce séjour partagé fait que tout paraît tenir à un fil. L'avenir de Marie.

La raison d'Ivan. Il a soulevé le capot de sa voiture. Vérifié que tout était en ordre. Un type est passé sur son tracteur. Ils se sont salués d'un geste, sans que l'autre s'arrête. Au bout de quinze jours, Ivan sait nommer tous les gens du village. Il est même entré dans certaines maisons, sûrement pour vider quelques verres et raconter ce qui se passe chez les *zippies*, comme on dit. Il a révélé la bigamie de Jérôme. Il a décrit les draps tendus sur les murs, les matelas à même le sol, la vaisselle dépareillée qui vient d'Emmaüs. Il a raconté qu'on ne fait rien du matin au soir mais qu'il y a des fêtes toutes les nuits, avec davantage à fumer qu'à boire. Et sa sœur ? Arrivée ici sur une lubie, elle partirait dès qu'elle aurait un travail sûr. Dans l'ombre des cuisines, les verres en Pyrex prenaient la consistance de l'étain et tout ce qu'on buvait paraissait brunâtre et sucré. Ivan repartait plus heureux et plus lourd. Longtemps il cheminait seul au milieu des vignes. Et comme personne ne l'attendait nulle part, il aurait aussi bien pu vieillir là, en garçon éternel, comme les autres, au lieu de démarrer le moteur, les vitres baissées, sa valise posée sur le siège passager, le coffre chargé de blanquette de Limoux.

1978

Marie a pris exemple sur Elisabeth. Elle s'est équipée d'un petit transistor et d'une oreillette. Et toute la journée elle est branchée sur Monte-Carlo. Sans la regarder, elle sait qu'Elisabeth comme elle chante *Le Monde est stone* avec Fabienne Thibeault. Les paroles, à force, elles les connaissent par cœur, autant que les pièces qui tournent sous le pivot de la machine à coudre et qui arrivent par caisses de dix paires. À chaque caisse terminée, un ticket de la part des chronométreurs, et chaque ticket augmente un peu la prime, arrondit le salaire, c'est mirifique. Les bons mois Marie arrive à se faire mille francs de prime, pas autant qu'Elisabeth, mais de quoi voir venir, alors elle ne relève pas la tête de la machine, elle s'est habituée à force à la tension permanente de son dos, les courbatures ne l'empêchent plus de dormir. Et puis maintenant que l'usine est repassée aux horaires d'hiver, elle se lève à six heures et demie, pas à quatre heures, comme elle a fait tout l'été, attrapant le bus des Myrys à Espéraza, une demi-heure de somnolence avant le long tunnel de la colle, le vacarme des marteaux, et le pied-de-biche qu'on soulève à la genouillère, il a fallu quelques jours pour qu'elle s'habitue à cette machine, la contremaîtresse de la piqûre presque rivée à son dos.

Chez Myrys, il y a l'entrée des directeurs, sorte de château aux tours tronquées, avec de vastes bureaux éclairés par des verrières, régulièrement occupés par la CGT, car des grèves, il y en a, il ne se passe pas six mois sans que ça gronde, les grévistes montent sur les toits et jettent des tuiles à ceux qui continuent à pointer. Trois semaines après son embauche Marie a failli s'en prendre une comme ça, qui s'est brisée sur son pied, en levant la tête elle a vu que c'était Jackie qui l'avait lancée, elles se sont dévisagées comme deux adversaires, elles en rient maintenant qu'elles sont devenues amies. Les ouvriers entrent par l'arrière et se partagent en cinq ateliers. Marie travaille à Myrjef. Pontien, le directeur, passe, important, en costume. Il s'arrange pour stationner un moment devant Jackie, il a des documents à consulter, au bout d'un moment il faut bien qu'il aille jusqu'aux coupeurs, il tire sur ses favoris, c'est un homme facilement contrarié. Du coup, Marie anticipe que Jackie lui demandera de l'accompagner aux toilettes, de peur que Pontien la suive jusque-là, on peut tout redouter de cet obsédé. Ça fera une caisse de manquée, un ticket de perdu, quelques francs en moins. *Vieux dégueulasse,* siffle Marie. Dans le poste, c'est Daniel Balavoine. *J'me présente, je m'appelle Henri.* Elle réalise qu'elle a un peu perdu la cadence. Elisabeth doit avoir plusieurs caisses d'avance.

Ce soir c'est paie et Marie ira acheter des chaussures pour sa fille, dans les soldes de l'usine, les paires qui ont un défaut et qu'on leur consent à prix rabattu. *T'auras jamais une chaussure gratis chez Myrys,* l'ont prévenue les autres piqueuses, *un goûter pour Noël, c'est déjà la fin du monde, alors pour les godasses, cours toujours.* Des chaussures rouges, puisque c'est ce qu'a réclamé Angèle. *Rouge culotte,* a commenté Raoul ce qui lui a valu une tape de sa sœur. Un petit bandit grandit en lui et n'a pas les yeux dans sa poche. Depuis juin, il a vu tremper dans des bassines les dessous de sa sœur. Il s'en échappe de légers nuages sanglants qui comme au ciel ressemblent à de grandes ourses. On les voit flotter puis retomber, tout doucement. Le linge n'est jamais plus tout à fait blanc. Angèle a son paquet de serviettes hygiéniques. Elle hésite sur la meilleure cachette. Le fond d'un tiroir. Son sac de sport. Elle a aussi sa boîte de Spasfon. Sans qu'elle s'en doute, Raoul prend parfois un comprimé. Après, il fait le mort sur le canapé. À sa mère qui lui demande ce qu'il a, il répond qu'il souffre du ventre. Il récolte un haussement d'épaules.

À dix-sept heures trente, les machines s'arrêtent et avec elles le vacarme. Il en reste un bourdonnement dans les oreilles qui met plusieurs minutes avant de se calmer. On sort groggy de l'atelier. Jackie prend Marie par le bras. On rentrera en voiture avec elle, pour une fois. On fait le compte. En liquide. C'est une quinzaine faste. On plie les billets par le milieu, soigneuse. Si les enfants demandent une glace, demain, au marché, on dira oui. Même s'il fait un peu gris, s'il commence à pleuvoir. Une belle boule à la vanille dans un cornet de pâte gaufrée. Ils joueront à qui la fait le mieux durer. Raoul gagne toujours ce pari-là.

Tu t'en sors bien, fait Jackie, envieuse. *C'est que ma mère m'a appris à coudre.* Ça n'est pas vrai, c'est juste pour passer du baume au cœur, parce que Jackie a des primes ridicules. La mère de Marie n'a jamais imaginé une machine pareille, qui exige un tel effort, rien pour poser ses coudes, les bras toujours en tension, les reins en marmelade à la fin de la journée, et puis la cadence il faut la tenir, sans perdre de vue que la contrôleuse vise tout ce qu'on fait, qu'il ne faudrait pas s'emballer, coudre trop vite, et mal, parce qu'alors la prime, tintin. Et dire que Marie a patienté plus de six mois à la porte de cet enfer. *Une fille sans histoire,* a dit le voisin de Vanzetti Maura, pour la vendre. Avec ce qu'il faut de docilité, de servitude. *Et pas syndiquée,* aurait-il pu ajouter, mais ça allait de soi. *Et si tu la racontais, ton histoire, parce que t'en as bien une,* insistait Vanzetti. Mais l'histoire de Marie elle ne se raconte pas. Elle se contentait d'appuyer son index sur ses lèvres avec un petit sourire. Ses joues s'étaient creusées, ses seins n'étaient pas plus gros qu'un poing fermé, à la naissance du poignet Eddy lui avait tatoué une étoile qu'elle dissimulait sous un bracelet, ses cheveux très courts dégageaient son front, ses yeux. *Ma mère ne me reconnaîtrait pas,* disait-elle devant le miroir, sans bien savoir si ça la soulageait ou l'effrayait. *T'as plus que la peau sur les os,* se plaignait Vanzetti. Ça ne les empêchait pas de se retrouver plusieurs fois par semaine, ce pour quoi elle empruntait la voiture d'Eddy, à force de supplications il lui jetait les clés, maussade. Au retour, souvent, elle le trouvait sur la route, à l'attendre. Il grimpait à côté d'elle. Ils voyageaient deux minutes ensemble, il parlait de lui tatouer tout le bras, à partir du poignet, façon Liberty, étoiles, fleurs et papillons. Lui se faisait dessiner, en bas du dos, des lotus, des motifs égyptiens. Ça l'occupait bien plus que les cueillettes payées à la journée chez les arboriculteurs du coin, les vendanges où il se mêlait aux Espagnols et où Marie l'avait accompagné, à l'automne 1977, alors que leurs finances étaient au plus bas. Jérôme les chicanait sans relâche. Marie fuyait la maison pour des ménages au château de La Serpent. En passant devant l'école, elle apercevait Angèle et Raoul dans la classe unique. Les dîners étaient sombres. Deux chèvres étaient mortes. Angèle faisait la loi. Alliée avec Claudine contre Sheila, avec Sheila contre Claudine. Raoul, imitant les manières d'Eddy, disait à sa sœur *Votre Majesté*. On s'envoyait ainsi des provocations à travers la table. Il manquait toujours un peu d'argent. Louise envoya un chèque.

Engagée chez Myrys, avant même de toucher sa première paie, Marie trouva un logement à Espéraza. Elle annonça un soir leur prochain départ. *Notre fourmi a peur qu'on la mette sur la paille.* Tous tournés vers elle, survoltés. En bout de table, Jérôme et Eddy, également maigres et fauchés, jeans effrangés, barbes emmêlées. *Alors c'est comme ça que tu vois les choses ? On te loge, on te nourrit, et tu dégages au moment où tu pourrais contribuer un peu à l'existence de la communauté ?* Marie voudrait répondre qu'elle a travaillé durant l'hiver, seule avec Noëlle à avoir fait de petits boulots, mal payés, çà et là. *Je n'ai pas de voiture. À Espé, il y a un car pour les Myrys.* Sa voix gênée, et pourtant elle se sait inflexible. *Elle va nous faire le coup de la commodité. Elle bosse à Limoux, elle s'installe à Espé, et c'est pratique. Mais tu nous prends pour des cons ! L'argent, ma cocotte, tu nous le dois, un point c'est tout. Tiens, tu vas voir. Les comptes je vais te les faire, tout de suite.* Elle a peur de Jérôme, de sa misère, de sa rapacité. Il est comme un fou, grand argentier dépenaillé, alignant des colonnes de chiffres sur le dos d'une enveloppe, et les autres pendant ce temps grattent le fond du plat de ratatouille. *Il me semble que tu t'éloignes de nos idéaux,* remarque Linda, mais on ne sait pas à qui elle parle. *Notre fourmi a choisi. L'aliénation du travail. C'est la chaîne qu'elle veut. Sa vie contre une poignée de biffetons.* Ses paupières clignent. Jérôme lui met son papier sous les yeux. Dans une odeur d'homme qui ne s'est pas lavé, elle voit les quadruples colonnes, les nombres à trois chiffres, ça s'additionne à la fin en une dette vertigineuse, une pointe de stylo trop appuyée et qui a troué le papier, par endroits. Mais c'est plus fort qu'elle, à présent qu'elle a commencé à décider, pour elle-même, elle compose avec ce qu'elle est, comme si dans son jeune visage pouvait s'ouvrir une vieille bouche, une bouche noire mais articulée, qui n'a jamais dit oui. Alors elle peut rire. Tendre le papelard à Noëlle. Jérôme toujours planté à côté d'elle, sans qu'elle le regarde. Angèle a repoussé son assiette. Elle a mauvaise mine. Les yeux cernés. *Tu pourrais manger un peu,* soupire Marie. L'enveloppe fait le tour de la table. *Alors tu pars quand ?* demande Linda.

Un meublé. L'Aude en contrebas. Un ravin de caillasses où tremblent quelques arbres qui poussent on ne sait comment. Ils s'installent en juillet. Une chambre pour les enfants. Marie dort dans le salon, sur un convertible. Le soir, la chaleur est accablante. On vit fenêtres ouvertes et volets clos. Elle rentre du travail un peu après treize heures. Les enfants qui ont passé la matinée chez une voisine lui montrent des dessins. Dans ceux de Raoul, il y a des voitures, des moulins, des girafes. Dans ceux d'Angèle, il n'y a rien. Des étages de couleurs. *Avant tu dessinais des habits, de jolis habits, tu te rappelles ?* Le soir, Angèle rechigne à descendre à la cabine téléphonique. À son père, elle dit quelques phrases du bout des lèvres. Elle se débarrasse du combiné dans les mains de Marie. Le temps que son frère termine la conversation, elle envoie des poignées de gravier vers la rivière. Finalement Marie la rejoint. Raoul reste seul dans la cabine mal éclairée par un bec de rue qui clignote. Il persiste juste assez de lumière pour voir les poissons moucher à chaque fois qu'une volée de cailloux atteint l'eau. Marie n'ose pas passer son bras sur les épaules d'Angèle.

La voisine, madame Salazar, dit *il faut la fortifier cette jeunette.* Elle lui fait boire en douce un peu de quinquina. L'après-midi, Angèle est la première à s'endormir pour la sieste. Marie essaie de relever les jambes pour soulager son dos. Longtemps elle fixe le plafond. Quand elle s'endort, c'est sans rêve, avec des mouvements brusques, comme si elle continuait à engager les pièces de cuir sous le pied-de-biche, les gestes qu'il faut enchaîner au rythme décidé par le chronométreur. *C'est le début le plus dur,* lui promettent les filles de l'atelier. Elle sait qu'il lui faut une bonne prime pour s'en sortir. Les premiers jours, la contremaîtresse est sur elle, sans relâche, comme pour la pousser à la faute. Elle oublie de tenir son dos. Le soir, elle souffre à en pleurer. Angèle descend demander des glaçons au café de la Tour. Elle les lui frotte, au-dessus de la culotte. *Le froid, ça calme,* fait Raoul, qui répète tout ce qu'on dit. C'est un été étrange. Marie n'est d'aucune fête. Quand on vient la voir, il faut d'abord la réveiller. Eddy se réfugie souvent chez elle, fuyant tout ce qui tourne au vinaigre dans la communauté, aimant papoter avec elle pendant des heures. *Je suis ta meilleure copine* lui assène-t-il, et c'est vrai puisqu'elle peut tout lui raconter, la manière dont Pontien tourne autour des jolies filles, une dont il se murmure qu'elle s'est fait avorter, un homme qui pleure après une engueulade, dans l'atelier, des divorcées qui ne parlent que de refaire leur vie mais combien d'entre elles resteront seules, en définitive ?

Ce soir, Eddy s'agite dans le petit appartement comme s'il avait oublié quelque chose. Il finit par demander à Marie un peu de monnaie. Le prix d'un paquet de gitanes. Le temps qu'il revienne du bureau de tabac, elle observe les enfants qui jouent sur la place. Il y a toujours quelqu'un qui rit, au-dehors. Angèle est à l'écart des gamines qui sautent à l'élastique.

Elle s'est enroulé autour du cou le foulard en coton indien, celui de l'été à La Palmyre. Marie voudrait lui faire signe, mais Angèle ne se tourne jamais dans sa direction. Elle bouge par à-coups d'animal errant. Telle qu'elle est en cet été 1978, dans un jean un peu trop large, en espadrilles, ses cheveux en boule sur un tee-shirt, telle elle sera dans six ans, partant en stop vers l'Italie, la Tchécoslovaquie, Prague. Elle a une voix à peine audible, de grands yeux furieux. Mais elle court vers Eddy qui revient avec une cartouche entière de gitanes. Où est-ce qu'il a bien pu trouver l'argent ? Qui est-ce qu'il a bien pu taper ? Il a noué les pans de sa chemise et les manches flottent sur ses bras maigres. Il remonte à l'appartement avec Angèle sur le dos. Il ramène aussi une bouteille de blanquette. Il dispose des verres, fait le service, charrie Raoul qui fait la gueule. *T'es heureux d'avoir emménagé chez grand-mère ?* Marie éclate de rire. C'est vrai que tout est vieux ici. Il ne manque que des appuie-têtes au crochet sur les fauteuils. Les enfants ont punaisé aux murs de leur chambre des posters de *Podium*, mais la tapisserie du salon est restée nue, nue et défraîchie. Marie passe la soirée avec Eddy à siroter la blanquette, manger ce qu'il y a, renvoyer les enfants dans leur chambre dès qu'ils s'incrustent. Elle n'anticipe pas ce qui viendra un jour, que sa fille cherchera à tout défaire, que la vie qu'elle mène, Angèle la lui jettera au visage, lui reprochant de l'avoir privée de son père et de n'avoir jamais été qu'une foutue égoïste.

Et pourtant, elle n'est plus, Marie, cette docile qui comptait jusqu'à vingt. Elle va bientôt prendre sa carte à la CGT. Contre les rendements et les chaussures qui viennent du Maroc ou du Portugal. Contre les contremaîtres qui vous jettent la tige au visage quand la chaussure est mal cousue. Eddy pourra s'ébaudir. Avec toutes les piqueuses de Myrjef, elle fera une haie devant l'atelier Louis XV pour la sortie des non-grévistes. Elle donnera des tickets à Jackie quand celle-ci ne tiendra plus les cadences, travaillant aux vendanges le samedi et le dimanche pour payer ses impôts, salopant ses caisses de bottes, un modèle appelé Charmeuse, difficile à coudre. Le 10 mai 1981, elle fêtera toute la nuit l'élection de Mitterrand et le lendemain, avec quelques copines aussi révolutionnées qu'elle, entrera dans l'usine, crânement, par la porte du patron. Elle sera de la grande grève de novembre 1981, quand on ira jusqu'au blocus, jusqu'à poursuivre Louis Riù sur la nationale, hors de l'usine, avec ce qu'il faut de huées et de lazzis, parce que lui n'a pas compris qu'on ne peut plus mener une usine comme naguère, à la baguette, en se contentant de dresser les ateliers les uns contre les autres. Bien avant qu'on ne parle des dépôts de bilan et que l'usine soit rasée, en janvier 2005, complètement effacée du paysage, et ça fera toujours drôle, prenant cette portion de route, de ne plus voir le portail avec ses deux tours tronquées, signées Myrys, mais une interminable palissade blanche dont on peine à croire qu'elle est une nouvelle usine, ultramoderne, fabriquant des isolants pour le BTP.

Mais on n'en est pas au dernier combat des Myrys, *produire chez nous pour vivre*. On est en 1978. Ivan s'est réinstallé dans la maison d'enfance et on dit qu'il a de mauvaises fréquentations. Enfin c'est Louise qui le dit. Aux législatives, il s'en va la nuit avec Rémi Ferrand coller des affiches du Front national : *Les Français d'abord. 1 000 000 de chômeurs c'est 1 000 000 d'immigrés en trop.* Il interdit l'accès de la maison à Albert. Il grossit à nouveau, du mélange de l'alcool et des médicaments. Il accuse les voisins de piller le verger. Les gendarmes débarquent, lui enjoignent de se calmer. Il parle de venger François Duprat, l'ancien d'*Occident* mort dans l'explosion de sa voiture piégée, dans l'entre-deux-tours. On ne sait pas ce qu'il veut faire sauter. Mais il ne travaille plus. Il traîne toute la journée en maillot de corps. Il s'achète deux dobermans, Hoggar et Hodna. Les bestiaux montent la garde devant la maison. Ils courent le long du grillage, silencieux, véloces. Leurs mâchoires brillantes impressionnent. Louise n'ose plus franchir le portail. Quand Marie a Ivan au téléphone, il ratiocine contre les dégénérés de La Serpent. *Ce pédé d'Eddy*. Elle devrait rentrer. Prendre un travail à Besançon. La maison est grande. Au moins elle aurait un vrai lit. À défaut de plastiquer la permanence du député, il bousille sa voiture dans un accident. Comme avant, il est à pied. Il ne paie plus les factures. On lui coupe le téléphone, puis l'électricité. Louise croit qu'il perd à nouveau la tête. On se rend compte que lorsqu'on le reverra, il sera redevenu ce gros homme très lent, qui ne répond pas lorsqu'on lui parle mais lâche, parfois, au hasard, un gros mot qu'on peut remâcher pendant des heures, qui peut même remplir une journée, et c'est sûrement, pour lui, le dernier lien avec cette surface qu'est le langage, à laquelle il se retient à peine, qu'il finira par lâcher, et c'est comme ça qu'on l'enfermera sans retour dans le château des fous. Avec lui, on aura perdu la plus intime des connivences, un mortel amour, qu'on a fini par fuir, parce qu'on voulait vivre, et cela nous a sauvée.

L'été, Eddy descend sur la côte, guitare en bandoulière, faire la manche aux terrasses des restaurants. Delphine et Paul viennent passer quelques jours et on décide une virée ensemble jusqu'à Gruissan, pour un week-end au bord de la mer et si ça se trouve on tombera sur Eddy, à moins qu'il soit déjà parti du côté de Canet, Argelès, Collioure, on verra. On cherchera sa silhouette dégingandée, son Stetson dont il soutient qu'il vient vraiment de Denver, Colorado. On s'en va en chantant, comme avant, mais cette fois c'est une chanson d'un mec de Dole, Hubert-Félix Thiéfaine, qui fait un tabac en Franche-Comté avec son premier disque. *La fille du coupeur de joints.* On n'entend pas ça sur RMC, quand on pique les modèles d'automne, dont la poussière s'incruste dans la peau. Alors on apprend les paroles entre Espéraza et Terroles. On est sur la banquette arrière avec les enfants, une boule d'impatience au ventre, la grande bleue on n'a eu que ça à l'esprit ces derniers jours, on a écouté les prévisions météo, on a retrouvé un maillot de bain qui n'est plus suffisamment ajusté, on a maigri, c'est vrai. Angèle a son chapeau de paille, Raoul sa casquette marquée d'une ancre marine. On suit la départementale rectiligne qui achève le parcours vers Gruissan-Plage. Entre l'étang du Grazel et la Méditerranée, on passe au milieu des chalets sur pilotis, aux murs bleu ciel, vert anis, jaune citron. Paul n'a pas encore tiré le frein à main qu'on est déjà dehors.

Il est presque midi. On court sur la plage, en tenant Raoul par la main, aveuglée par la lumière, les yeux presque clos, humides, à la limite des larmes. Le sable est tellement dense qu'on a la sensation de rebondir. La mer est tellement loin qu'on ne l'entend pas. Delphine est devant avec Angèle et l'on discerne, entre ses cils, leurs jambes claires, cette légèreté dont on a toujours manqué et qu'on aime si fort, chez elles. On n'a jamais été seule en fin de compte. On a toujours été soudée aux autres, avançant avec elles, malgré tout ce qu'on était d'impossible, une petite plouc qui rêvait d'une vie à elle. Et c'est comme ça qu'on s'est dépassée, depuis le début. Un jour, on racontera, avec une fierté étonnée. On dira *c'est ma vie.*

Mars 2010 – janvier 2012

Remerciements

Les témoignages de mes proches, parents, oncles et tantes, cousins et cousines, ouvriers d'usine, ont nourri ce texte. Colette Gouvion, la première, m'a reçue dans l'Aude et généreusement accompagnée dans ce projet. Catherine Bernard m'a mise sur le chemin de Myrys. Benoît Rivero m'a raconté les Lip. Je remercie également du fond du cœur Sylvie Balmier, Geneviève Cormary et Marie-Jeanne Rivera.

J'ai trouvé une matière précieuse dans les films des *Groupes Medvedkine* tournés à Besançon et Sochaux entre 1967 et 1974, édités par les Éditions Montparnasse ; *Les Lip, l'imagination au pouvoir* de Christian Rouaud (les films du paradoxe) ; *Reprise, un voyage au cœur de la classe ouvrière* d'Hervé Le Roux (Éditions Montparnasse). Un bel entretien de Dominique Féret avec Charles Piaget a été diffusé dans l'émission « À voix nue » sur France Culture à l'automne 2011. John Dower a consacré un documentaire, *Thriller in Manilla* (Time Life Entertainment), au combat de Joe Frazier et Mohamed Ali en 1975.

Deux livres : *Coups de cœur et rancœurs, fragments de vie de femmes de Myrys* (CADT-CGT Limoux, 2002) et *Le Combat des "Myrys", une histoire d'hommes et de femmes épris de justice* (CGT Myrys / ATTAC Vallée de l'Aude, 2002), m'ont appris beaucoup sur le quotidien des ouvrières de Myrys.

Ouvrage réalisé par Cédric Cailhol Infographiste
Achevé d'imprimer sur Roto-Page en mai 2012
par l'Imprimerie Floch à Mayenne.

Dépôt légal : août 2012
N° d'impression : 82398
ISBN : 978-2-8126-0387-7

Imprimé en France